김유정을 읽다

김유정을 읽다

서울국어교사모임 지음

머리말

김유정은 1930년대를 대표하는 소설가 중 한 사람으로, 1908년에 태어나 1937년 숨을 거두기까지 29년이라는 짧은 삶 동안 빼어난 작품을 여럿 남겼다. 그는 일제강점기였던 1930년대 비참했던 농민들의 현실을 특유의 해학적 표현과 향토적 문체로 그려냈으며, 이를 통해 사회의 불합리한 구조와 농촌 사회의 제도적 문제점들을 보여주고자 했다.

젊은 나이에 안타깝게 생을 마감했지만, 그가 남긴 31편의 소설과 12편의 수필에는 탁월한 언어 감각과 따뜻한 휴머니즘이 배어 있다.

이 책은 김유정의 삶과 작품 세계를 이해하고, 그의 주요 작품들을 좀 더 쉽게 읽어낼 수 있도록 하기 위해 만들어졌다.

해학적인 즐거움과 해맑은 사랑이 물씬 풍기는 〈봄·봄〉과 〈동백꽃〉, 일제강점기 조선의 쌀 수탈과 가혹한 세금 문제 등에 대한 비판적 시선이 담긴 〈만무방〉, 황금광 시대에 물질에 대한 욕심과 절망을 그린 〈금 따는 콩밭〉 등 중·고등학생들에게 소개할 만한 작품들을 골라 실었다. 그리고 작품마다 시대적 배경, 소설 구성

상의 특징, 인물의 성격, 중심 소재나 사건 등 작품을 이해하는 데 필요한 내용들을 친절하게 설명해 놓았다.

일제강점기 당시 우리나라 사람들은 힘들고 참혹한 삶 가운데서도 서로를 다독이는 온정을 나누며 꿋꿋이 살아갔다. 김유정은 그러한 당시 사람들의 삶을, 때로는 따뜻한 시선으로 때로는 날카로운 시선으로 살펴서 아름다운 작품으로 남겼다.

이 책은 김유정 소설을 먼저 접한 선배가 김유정 소설을 접할 후배들에게 김유정 소설을 좀 더 쉽게 만날 수 있도록 안내하는 책이다. 이 책을 읽으며 김유정의 삶을 이해하고 그의 소설이 지닌 매력과 가치를 느낄 수 있었으면 좋겠다.

서울국어교사모임

차례

01

김유정의 삶과 작품 세계

김유정의 삶

김유정의 짧았던 삶

세상에 진실하고 겸손한 사람이 많되 김유정만 한 사람이 드물고, 세상에 불쌍한 사람이 많되 김유정만큼 불쌍한 사람도 드물다.

강원도 춘천시 신동면 증리. 김유정은 실레마을이라고 불리는 이곳에서 조선 시대 명문가 중 하나인 청풍 김씨 집안의 자손으로 태어났다.

1908년에 태어나 1937년에 숨을 거두기까지 29년이라는 짧은 생애를 살다 간 김유정. 그는 1908년 1월 11일(음력) 아버지 김춘식과 어머니 청송 심씨 사이에서 2남 6녀 중 일곱째로 태어났다.

첫아들(김유근)을 낳고 내리 딸 다섯을 낳은 어머니는 반드시 아들을 낳게 해달라고 기도했고 유정이 태어났다. 간절히 원했던 귀한 아들이었기에 집안에서는 유정을 '멱서리'라고 불렀다. 멱서리는 볏짚으로 촘촘하게 엮어서 만든 그릇이다. 곡식을 담아두는 용도로 사용하는데, 재물과 복이 가득 쌓이라는 의미에서 귀한 아들 유정에게 붙여준 별칭이다.

할아버지께서 돌아가신 후 아버지는 의병 봉기로 어수선한 실레마을을 피해 서울로 이사를 한다. 종로구 운니동에 위치한 100칸이 넘는 집이었다. 그러나 서울로 이사한 후부터 집안의 불행이 시작된다. 이사한 지 1년도 안 되어 김유정이 일곱 살이던 해에 어머니가 돌아가시고, 아홉 살 때 아버지가 돌아가신다.

아버지가 돌아가신 것도 큰 슬픔이었지만, 무엇보다 어머니가 돌아가신 것이 어린 김유정에게는 너무 슬픈 일이었다. 김유정은 후에 자신의 작품에서 이렇게 어머님을 그리워했다.

> 저에게 원이 하나 있다면 그것은 제가 어려서 잃어버린 그 어머님이 보고 싶사외다. 그리고 그 품에 안기어 저의 기운이 다할 때까지 한껏 울어보고 싶사외다.

미완성 장편소설, 《생의 반려》에서

부모님이 돌아가시고 나서 형이 김유정을 돌봤지만 부모님의 빈자리를 대신할 수는 없었다. 부모를 일찍 여읜 슬픔과 외로움은 그의 성격을 내성적으로 만든다. 게다가 형은 술과 방탕한 생활에 빠져 재산을 탕진하기에 이른다. 김유정 일가는 결국 다시 춘천으로 돌아가게 된다.

만석지기 지주 집안이었고 서울에 큰 집도 있었지만 형 때문에 모든 것을 잃은 김유정. 그래도 그는 서울에서 초등학교를 마치고 휘문고보를 거쳐 연희전문학교 문과에 입학한다. 그리고 다시 고향인 춘천으로 돌아와 '금병의숙'이라는 야학을 세우고 농촌 계몽 운동을 위해 노력한다.

그러다 1933년 휘문고보에서 가깝게 지내던 안회남의 권유로 서울로 올라와 소설을 쓰기 시작한다. 그해 단편 〈산골 나그네〉와 〈총각과 맹꽁이〉를 발표하고, 1935년 〈소낙비〉로 신춘문예에 1등으로 당선되며 꾸준히 작품 활동을 하게 된다.

그러나 폐결핵과 치질이 악화되어 결국 다섯째 누나가 있는 경기도 광주에서 투병 생활을 하다가 1937년 29세의 젊은 나이에 생을 마치게 된다.

유복한 집안에서 태어났지만 궁핍하기만 했던 짧은 삶이었다.

김유정의 고향 실레마을

나의 고향은 저 강원도 산골이다. 춘천읍에서 한 20리가량 산을 끼고 꼬불꼬불 돌아 들어가면 내닫는 조그마한 마을이다. 앞뒤 좌우에 굵직굵직한 산들이 빽 둘러섰고 그 속에 묻힌 아늑한 마을이다.

그 산에 묻힌 모양이 마치 옴팍한 떡시루 같다 하여 동명을 실레라 부른다. 집이라야 대개 쓰러질 듯한 헌 초가요, 그나마도 50호밖에 못 되는, 말하자면 아주 빈약한 촌락이다.

〈오월의 산골작이〉에서

누구에게나 고향은 있다. 그곳이 어떤 곳이든, 고향은 늘 푸근하고 정겹고 그리운 곳이다. 김유정에게도 마찬가지였다. 행복한 어린 시절을 보낸 곳이었고, 잠시 떠나 있었지만 다시 돌아오게 된 곳이 바로 실레마을이다.

근대화가 미치지 않은 전형적인 농촌 마을인 실레마을. 그곳에는 인심 좋고 순박한 사람들이 살고 있었다. 금병산이 병풍처럼 감싸 안고 있는 마을의 모습이 옴푹한 떡시루 같아 '실레'라 불린 마을. 떡시루처럼 아늑한 실레마을. 50여 호 대부분은 김유정 할아버지의 소작인들이었다.

그 언저리에 자리한 김유정의 집은 30여 칸의 'ㅁ' 자 모양 집이었다. 강원도의 일반적인 가옥 구조와 달리 'ㅁ 자형'으로 배치한 것은 집 안을 드러내지 않기 위함이었다. 또한 기와지붕이 아닌 초가지붕이 얹혀 있는데, 이는 다른 집들과 달라 보이지 않게 하여 위화감을 주지 않으려는 배려였다.

김유정이 어린 시절 이후 고향에 돌아와 머문 기간은 1930년부터 1932년까지 1년 7개월 남짓이었지만, 이 기간 동안 어느 정도 마음의 안정을 얻는다. 고향을 배경으로 한 〈봄봄〉, 〈솥〉, 〈산골 나그네〉, 〈총각과 맹꽁이〉 같은 작품은 이때의 생활을 바탕으로 쓰인 것이다.

시골 아이들에게 희망이 되어준 야학당 '금병의숙'

1910년 일본에 나라를 빼앗긴 뒤 우리 민족은 3·1운동 등 독립운동을 이어갔다. 이와 함께 문자보급운동도 전개되었는데, 교육을 받기 어려운 농촌 학생들이 좋은 교육을 받을 수 있도록 여러 지식인들이 노력했다.

그중 동아일보에서는 농촌 계몽운동의 하나로 '브나로드운동(문맹퇴치운동)'을 실시했다. 많은 사람들이 전국 곳곳에 야학을 만들고 어린 학생들을 교육하면서 다양한 활동을 펼쳐나갔다.

김유정은 실레마을 자신의 집 사랑방에서 야학을 시작했다. 그리고 이듬해인 1932년에 '금병의숙'이라는 야학당을 열게 된다. 여기서 농우회, 노인회, 부인회를 조직하여 농촌 생활 개선을 위한 여러 활동을 펼치기도 한다.

문맹퇴치운동에 적극적이었던 김유정은 금병의숙을 간이학교 인가를 받을 정도로 발전시켰다. 그 과정에서 마을 사람들과 교류하며 그들을 관찰하고 메모하는데, 이는 훗날 김유정의 소설 창작에 큰 영향을 미치게 된다.

김유정의 문학모임 '구인회'

1933년 모더니즘적 순수문학을 지향하는 '구인회'가 만들어졌다. 구인회는 시인이었던 김기림과 정지용, 소설가였던 이무영, 이종명, 이효석, 이태준, 조용만, 희곡작가였던 유치진과 영화 관련 김유영, 이렇게 다양한 장르의 사람들 9명이 뜻을 모아 만든 모임이다.

구인회는 여러 번 회원들이 교체되기도 했는데, 마지막에 남은 사람은 이태준, 정지용, 김기림, 박태원, 김상용, 이상, 김유정, 김환태 이렇게 8명이다.

구인회는 1936년 3월 《시와 소설》 동인지를 발행했고, 김기림의 〈걸작에 대하여〉, 이태준의 〈설중방란기〉, 김상용의 〈시(詩)〉 등 회원들의 작품을 주로 수록했다.

구인회는 결성된 지 얼마 안 되어 해체되었지만, 여기에 속했던 문인과 연극 및 영화인들은 이후 한국문학의 수준을 높이고 그 깊이를 더욱 깊게 하여 근대문학의 새로운 틀을 다지는 데 이바지했다.

김유정의 애달픈 사랑 박녹주

박녹주. 김유정이 그녀를 만난 것은 1928년으로 그가 스물한 살이 되던 해이다. 그녀는 당시 최고의 명창이자 기생이었다.

어디 사람이 동이 났다구 거리에서 한번 흘낏 스쳐본, 그나마 잘났으면이어니와 쭈그렁 밤송이 같은 기생에게 정신이 팔린 나도 나렷다. 그것두 서로 눈이 맞아서 달떴다면야 누가 뭐래랴마는 저쪽에선 나의 존재를 그리 대단히 여겨주지 않는데 나만 몸이 달아서 답장 못 받는 엽서를 매일같이 석 달 동안 썼다.

〈두꺼비〉에서

김유정은 박녹주를 보고 첫눈에 반해 많은 편지와 엽서를 그녀에게 보냈다고 한다.

그의 자전적 소설이자 유작인 《생의 반려》에도 그가 휘문고보 시절 첫눈에 반한 박녹주에 관한 이야기가 실려 있다.

그가 명주를 처음 본 것은 작년 가을이었다. 화장 안 한 얼굴은 창백하게 바랬고 무슨 병이 있는지 몹시 수척한 몸이었다. 눈에는 수심이 가득히 차서, 그러나 무표정한 낯으로 먼 하늘을 바라본다. 흰 저고리에 흰 치마를 훑여 안고는 땅이라도 꺼질까 봐 이렇게 찬찬히 걸어 나오려는 것이었다.

《생의 반려》에서

이 작품에 나오는 명주가 바로 박녹주이다. 어느 가을날 목욕탕에서 목욕하고 나오다가 여탕에서 나오는 녹주를 만난다. 첫눈에 반한 김유정은 어머니에게 받지 못한 정을 그녀에게 받고 싶었다.

2년여 동안, 박녹주에 대한 김유정의 구애는 대단했다. 고백이 담긴 편지를 보내고, 그녀의 집에 찾아가 기다렸다. 당대 최고의 인기 스타였던 박녹주에게는 일곱 살이나 어린 김유정이 이성으로 보이지 않았을지도 모른다. 김유정의 끈질긴 구애에도 불구하고 박녹주는 단호하고 완강하게 그 사랑을 거절한다. 결국 김유정의 사랑은 이루어지지 못했다.

김유정의 진정한 친구 안회남

안회남은 개화기 지식인이자 신소설 〈금수회의록〉을 쓴 안국선의 외아들로, 김유정보다 한 살 아래이지만 같은 반 친구였다.

김유정과 안회남은 취미가 비슷해 학창 시절 하모니카 밴드도 결성했고 체조도 함께 하는 등 많은 시간을 보냈다.

안회남은 휘문고보를 자퇴하고 본격적으로 글을 쓰기 시작해 김유정보다 앞선 1931년 신춘문예에 〈발〉이라는 작품으로 등단한다. 그리고 김유정이 학업과 사랑, 양쪽 모두를 잃고 실레마을로 돌아가 야학당 '금병의숙'에 있을 때, 그에게 글을 쓰도록 권유하기도 했다.

친구 안회남의 권유로 시작된 김유정의 글쓰기는 1935년 조선일보 신춘문예에 〈소낙비〉가 1등으로 당선되며 세상에 널리 인정받게 된다. 그러자 김유정은 조카에게 금병의숙을 맡기고 서울로 옮겨 와 작품 활동에 전념한다. 그 후에도 안회남은 김유정의 작품이 잡지나 신문 지면에 실릴 수 있도록 물심양면으로 도와주곤 했다.

1937년 3월 김유정은 폐결핵으로 죽음을 맞기 열하루 전에 자신의 벗 안회남에게 자신을 도와달라는 내용의 편지를 보낸다.

편지글의 내용을 보면, 김유정의 병세는 악화되고 집안 형편은 더욱 기운 듯하다. 그런 상황에서 자신의 마음을 전하고 도움을 요청할 수 있었던 사람이 바로 안회남이었다.

김유정이 죽고 이듬해 1주기를 맞아 안회남이 조선일보에 쓴 〈작가 유정론 - 그 1주기를 당하야〉를 보면 그가 얼마나 김유정을 잘 알고 각별한 관계였는지 알 수 있다. 안회남이야말로 오늘날의 김유정을 있게 한 장본인이라 해도 과언이 아닐 것이다.

안회남은 1944년 일본에 징용으로 끌려갔다가 광복 후에 돌아와 문학 단체에서 얼마간 활동하다가 월북한다. 그리고 정확한 시기는 알 수 없으나 1960년대 중반 죽은 것으로 알려져 있다.

김유정의 작품 세계

김유정이 공식적인 작가로서 활동한 것은 1935년부터 1937년까지 불과 2년이었다. 하지만 그는 이 기간 동안에 31편의 소설과 12편의 수필을 발표한다. 그는 병마와 싸우며 힘겹게 작품 활동을 했지만 그의 작품에는 유쾌함이 있다.

데뷔작인 〈소낙비〉를 시작으로 김유정의 작품은 농촌을 무대로 펼쳐진다. 〈봄·봄〉에서는 데릴사위 문제를, 〈동백꽃〉에서는 마름의 딸과 소작농 아들의 수줍은 연애를, 〈만무방〉에서는 일제의 쌀 수탈 정책과 가혹한 세금 문제, 그리고 그러한 사회적 문제점을 해결하려는 적극적 의지를, 〈금 따는 콩밭〉에서는 금광에 빠져 콩밭을 버리는 인간의 그릇된 욕망을 그려내었는데, 이 작품들 모두 농촌을 배경으로 하고 있다.

김유정은 주로 자신의 고향 춘천에서 보고 들은 농민들의 현실적인 삶을 작품 속에 녹여냈다. 그의 소설은 당시 1930년대의 농촌소설과는 그 결이 조금 달랐는데, 당시 농촌소설은 주로 농촌을 계몽하는 내용이거나 농촌을 낭만적으로 그리는 것이었다. 하지만 김유정의 작품은 몇몇 개성적인 등장인물을 통해 농촌의 모습을 있는 그대로 보여준다. 현실에 개입하거나 교훈을 주려고도 하지 않는다. 김유정은 어려운 상황에서도 어떻게든 열심히 살아가려는 농민들의 모습을 그려내는 데 초점을 둔다.

1930년대는 일제의 강제 수탈이 가속화되던 시기였다. 토지조사사업으로 시작된 일제의 쌀 수탈 때문에 많은 농민들이 소작농이 되거나 삶의 터전을 잃고 유랑할 수밖에 없었다. 김유정은 이런 슬픈 현실을 있는 그대로 내보이기보다는 순수하고 어수룩한 등장인물의 말과 행동을 통해 해학적으로 그려내고자 했다.

농촌을 배경으로 한 소설

당시 농촌 사회에는 지주, 마름, 소작농 등의 구성원이 있었다. 지주는 토지를 소유한 사람이고, 마름은 소작농을 감독하고 소작료를 징수하는 일을 맡은 사람이다. 지주의 입장을 대변하고 그들이 해야 할 번잡한 일들을 도맡아 하다보니 소작농들에 대한 마름의 입김이 대단했다. 이와 달리 경제적으로 노예와 다름없던 소작농들은 핍박받는 삶을 살아갈 수밖에 없었다.

김유정의 작품에는 지주, 마름, 소작농의 삶의 모습과 이들 사이의 갈등 관계가 구체적으로 드러나 있어 당시 농촌의 현실을 이해하는 데 도움이 된다.

날카로운 현실 비판

일본은 토지조사사업, 산미증식계획 등의 명목으로 농민들의 토지와 곡식을 빼앗아 갔다. 만주사변, 중일전쟁, 태평양전쟁을 치르는 동안 우리나라를 식량 공급 기지로 만들어 더욱 강압적으로 식량을 약탈한 것이다.

당시 일본의 쌀 수탈이 매우 심해진 탓에 우리나라의 많은 농민들은 소작농으로 전락했고 매일 배고픈 삶을 살아갈 수밖에 없었다. 게다가 수확량의 80퍼센트 이상이 세금으로 빠져나가다 보니, 아무리 성실히 농사를 지어도 농민들은 먹고살기 위해 빚을 질 수밖에 없는 형편이었다.

김유정은 〈만무방〉에서 정직한 농사꾼이었던 응오가 자신이 경작한 쌀을 훔쳐 먹을 수밖에 없는 비참한 현실을 보여준다. 아무리 열심히 농사를 지어도 빚만 늘어나고, 노름에 빠지고, 아내와 헤어지고, 아내는 다른 사람의 첩이 되기도 하는 현실을 말이다. 김유정은 부조리하고 궁핍한 농촌의 모습을 실감나게 담아냄으로써 식민지 현실을 고발하고 당대의 모습을 비판하고자 했다.

하층민의 삶에서 피어나는 웃음과 해학

김유정의 작품에는 순박하고 어수룩한 인물들이 자주 등장한다. 그들의 우스꽝스러운 말과 행동은 독자들의 웃음을 자아내며, 그들이 벌이는 이야기는 당시 농촌의 현실을 해학적으로 묘사한다.

해학은 사회적 현상이나 현실을 우스꽝스럽게 드러내는 문학적 표현 방법을 일컫는다. 풍자와 비슷하지만, 풍자가 비판적 인물을 공격함으로써 웃음을 유발하는 것이라면, 해학은 비판적 인물에게 공격받는 대상을 우스꽝스럽게 표현하여 독자들이 공격받는 대상을 동정하거나 애정 어린 시선으로 바라보게 한다.

이러한 해학이 담긴 소설에는 인성이 부족한 사람들이 등장하는데, 그들 사이에서 벌어지는 사건과 갈등이 재미를 유발하고 악의 없는 웃음을 자아낸다. 해학은 재미도 있어야 하지만 따뜻함도 있어야 한다. 그리고 그 따뜻함은 인간에 대한 깊은 이해와 애정에서 비롯한다.

〈봄·봄〉이나 〈동백꽃〉에 나오는 인물들, 그 인물들이 벌이는 사건은 겉으로 보기에는 재미있고 우스꽝스럽다. 하지만 막상 그런 인물과 이야기를 다루는 작가는 농촌 사회에 대한 애정과 문제의식에서 자유로울 수 없다. 재미로 그친다면 해학이라 할 수 없다. 재미 속에 비판적 인식이나 작가의 따뜻한 시선이 함께할 때 해학이 되는 것이다.

〈봄·봄〉에서 장인과 '나'가 바짓가랑이를 잡고 싸우는 장면은 너무나 우스꽝스러운 나머지 독자들로 하여금 웃음 짓게 한다. 하지만 거기서 그치는 것이 아니라 독자들은 이 장면을 보며 장인의 입장과 '나'의 입장에 공감하고, 농촌의 현실과 데릴사위 제도 등에 대해 한 번쯤 생각해 보게 될 것이다.

게다가 김유정은 〈동백꽃〉에서 마름과 소작농의 갈등이 많았던 시대의 모습을 직접적으로 드러내기보다는 어린 두 남녀의 풋풋하고 재미있는 사랑 이야기를 전면에 드러냄으로써, 많은 사람들이 공감하고 따뜻한 정을 느낄 수 있게 했다.

극적 재미를 더하기 위한 역순행적 구조

역순행적 구조란 '과거-현재-미래'라는 시간의 순차적인 흐름에 따른 것이 아닌, 현재에서 과거로 거슬러 올라가거나, 과거로 갔다가 다시 현재로 돌아오는 구성을 말한다.

김유정의 소설에는 역순행적 구조가 자주 등장한다. 〈봄·봄〉에서는 결말 부분을 미리 보여주고 장인과 '나'가 바짓가랑이를 잡고 싸우는 모습을 마지막에 보여준다. 또 〈동백꽃〉에서는 '현재-과거-현재'로 시간의 흐름을 넘나드는 역순행적 구조를 사용했다. 〈동백꽃〉 첫 부분에서 왜 점순이가 닭싸움을 시키고 '나'의 닭을 괴롭히는지 독자는 알 수 없다. 이야기의 흐름이 현재에서 과거로 거슬러 올라가면서 그 이유가 하나씩 밝혀지는데, 독자들은 갈등의 원인을 찾아가면서 이야기에 더 집중하게 된다.

이러한 역순행적 구조는 소설의 극적 재미를 더하기 위한 수단으로 사용되며, 김유정은 이러한 방법을 즐겨 사용했다.

02

김유정 작품 읽기

봄·봄

동백꽃

만무방

금 따는 콩밭

봄·봄

동백꽃

만무방

금 따는 콩밭

봄·봄

"장인님! 인젠 저……."

내가 이렇게 뒤통수를 긁고, 나이가 찼으니 성례•를 시켜줘야 하지 않겠느냐고 하면 그 대답이 늘,

"이 자식아! 성례구 뭐구 미처 자라야지!"

하고 만다.

이 자라야 한다는 것은 내가 아니라 장차 내 아내가 될 점순이의 키 말이다.

내가 여기에 와서 돈 한 푼 안 받고 일하기를 3년하고 꼬박 일곱 달 동안을 했다. 그런데도 미처 못 자랐다니까, 이 키는 언제야 자라는 건지 짜장• 영문 모른다. 일을 좀 더 잘해야 한다든지, 혹은 밥을 (많이 먹는다고 노상 걱정이니까) 좀 덜 먹어야 한다든지 하면 나도 얼마든지 할 말이 많다. 하지만 점순이가 아직 어리니까 더 자라야 한다는 여기에는 어찌해 볼 수 없이 고만 벙벙하고• 만다.

- **성례** 결혼식을 올림.
- **짜장** 정말로.
- **벙벙하다** 어리둥절하여 얼빠진 사람처럼 멍하다.

이래서 나는 애초에 계약이 잘못된 걸 알았다. 이태•면 이태, 3년이면 3년, 기한을 딱 작정하고 일을 해야 시원할 것이다. 덮어놓고 "딸이 자라는 대로 성례를 시켜주마" 했으니, 누가 늘 지키고 섰는 것도 아니고 그 키가 언제 자라는지 알 수 있는가. 그리고 난 사람의 키가 무럭무럭 자라는 줄만 알았지, 붙박이 키에 모로만 벌어지는 몸도 있는 것을 누가 알았으랴. 때가 되면 장인님이 어련하랴 싶어서 군소리 없이 꾸벅꾸벅 일만 해왔다.

그럼 말이다…… 장인님이 제가 다 알아차려서, "어 참, 너 일 많이 했다. 고만 장가들어라." 하고 살림도 내주고 해야 나도 좋을 것이 아니냐. 시치미를 딱 떼고 도리어 그런 소리가 나올까 봐서 지레 펄펄 뛰고 이 야단이다. 명색이 좋아 데릴사위지, 일하기에 싱겁기도• 할뿐더러 이건 참 아무것도 아니다.

숙맥이 그걸 모르고 점순이의 키 자라기만 까맣게 기다리지 않았나.

언젠가는 하도 갑갑해서 자를 가지고 덤벼들어서 그 키를 한번 재볼까 했다마는, 우리는 장인님이 내외를 해야• 한다고 해서 마주 서서 이야기도 한마디 하는 법 없다. 우물길에서 어쩌다 마주칠 적이면 겨우 눈어림으로 재보고 하는 것인데, 그럴 적마다 나

• **이태** 두 해.
• **싱겁다** 사람의 말이나 행동이 상황에 어울리지 않고 다소 엉뚱한 느낌을 주다.
• **내외하다** 남녀 사이에 서로 얼굴을 마주 대하지 않고 피하다.

는 저만치 가서,

"제—미,* 키두!"

하고 논둑에다 침을 퉤 뱉는다. 아무리 잘 봐야 내 겨드랑 (다른 사람보다 좀 크긴 하지만) 밑에서 넘을락 말락 밤낮 요 모양이다. 개돼지는 푹푹 크는데 왜 이리도 사람은 안 크는지, 한동안 머리가 아프도록 궁리도 해보았다. '아하, 물동이를 자꾸 이니까 뼈다귀가 움츠러드나 보다.' 하고 내가 넌지시 그 물을 대신 길어도 주었다. 뿐만 아니라 나무를 하러 가면 서낭당*에 돌을 올려놓고,

"점순이의 키 좀 크게 해주십시오. 그러면 담엔 떡 갖다 놓고 고사 드리겠습니다."

하고 치성*도 한두 번 드린 것이 아니다. 어떻게 돼먹은 킨지 이래도 막무가내니…….

그래 내 어저께 싸운 것이지 결코 장인님이 밉다든가 해서가 아니다.

모를 붓다가* 가만히 생각을 해보니까 또 싱겁다. 이 벼가 자라서 점순이가 먹고 좀 큰다면 모르지만 그렇지도 못할 걸 내 심어서 뭘 하는 거냐. 해마다 앞으로 축 거불지는* 장인님의 아랫배(너

- **제미** 몹시 못마땅할 때 욕으로 하는 말.
- **서낭당** 서낭(땅과 마을을 지켜주는 신)을 모셔놓은 집.
- **치성** 신이나 부처에게 정성스럽게 비는 일.
- **모를 붓다** 못자리를 만들어 씨를 뿌리다.
- **거불지다** 둥글고 두두룩하게 툭 비어져 나오다.

무 먹은 걸 모르고 냇병•이라나, 그 배)를 불리기 위하여는 조금도 심고 싶지 않다.

“아이구 배야!”

난 모를 붓다 말고 배를 쓰다듬으면서도 그대로 논둑으로 기어 올랐다. 그리고 겨드랑에 꼈던 벼 담긴 키를 그냥 땅바닥에 털썩 떨어치며 나도 털썩 주저앉았다. 일이 암만 바빠도 나 배 아프면 고만이니까. 아픈 사람이 누가 일을 하느냐. 파릇파릇 돋아오른 풀 한 숲•을 뜯어 들고 다리의 거머리를 쑥쑥 문대며 장인님의 얼굴을 쳐다보았다.

논 가운데서 장인님도 이상한 눈을 해가지고 한참 날 노려보더니,

“너 이 자식, 왜 또 이래 응?”

“배가 좀 아파서유!”

하고 풀 위에 슬며시 쓰러지니까 장인님은 약이 올랐다. 저도 논에서 철벙철벙 둑으로 올라오더니 잡은참• 내 멱살을 움켜잡고 뺨을 치는 것이 아닌가…….

“이 자식아. 일허다 말면 누굴 망해놀 셈속이냐. 이 대가릴 까놀 자식!”

우리 장인님은 약이 오르면 이렇게 손버릇이 아주 못됐다. 또

• **냇병** 몸 안에 생긴 병.
• **숲** 풀, 나무, 덩굴 따위가 한데 엉킨 것. 여기서는 ‘움큼’ 정도의 뜻.
• **잡은참** 자분참. 곧바로.

사위에게 '이 자식 저 자식' 하는 이놈의 장인님은 어디 있느냐. 오죽하면 우리 동리에서 누굴 물론하고 그에게 욕을 안 먹는 사람은 명이 짧다 한다. 조그만 아이들까지도 그를 돌아서 놓고 "욕필이(본이름이 봉필이니까) 욕필이" 하고 손가락질을 할 만치 두루 인심을 잃었다. 허나 인심을 정말 잃었다면 욕보다 읍의 배 참봉댁 마름으로 더 잃었다. 번히• 마름이란 욕 잘하고, 사람 잘 치고, 그리고 생김 생기길 호박개• 같아야 쓰는 거지만, 장인님은 외양이 똑 됐다. 장인에게 닭 마리나 좀 보내지 않는다든가 애벌논• 때 품을 좀 안 준다든가 하면 그해 가을에는 영락없이 땅이 뚝뚝 떨어진다. 그러면 미리부터 돈도 먹이고 술도 먹이고 안달재신•으로 돌아치던• 놈이 그 땅을 슬쩍 돌라 앉는다.• 이 바람에 장인님 집 외양간에는 눈깔 커다란 황소 한 놈이 절로 엉금엉금 기어들고, 동리 사람들은 그 욕을 다 먹어가면서도 그래도 굽실굽실하는 게 아닌가…….

그러나 내겐 장인님이 감히 큰소리할 계제•가 못 된다.

- **번히** 훤히 들여다보이듯이 분명하게.
- **호박개** 뼈대가 굵고 털이 북슬북슬한 개.
- **애벌논** 여러 번의 김매기 중 첫 김매기를 한 논.
- **안달재신** 몹시 속을 태우며 여기저기로 다니는 사람.
- **돌아치다** 나대며 여기저기 다니다.
- **돌라 앉다** '그 자리를 대신 차지하다' 정도의 뜻.
- **계제** 어떤 일을 할 수 있게 된 형편이나 기회.

뒷생각은 못 하고 뺨 한 대를 딱 때려놓고는 장인님은 무색해서• 덤덤히 쓴침만 삼킨다. 난 그 속을 펵 잘 안다. 조금 있으면 갈• 도 꺾어야 하고 모도 내야 하고 한창 바쁜 때인데…… 나 일 안 하고 우리 집으로 그냥 가면 그만이니까. 작년 이맘때도 트집을 좀 하니까 늦잠 잔다고 돌멩이를 집어 던져서 자는 놈의 발목을 삐게 해놨다. 사날씩이나 건숭• 끙끙 앓았더니 종당에는• 거반 울상이 되지 않았는가.

"예, 고만 일어나 일 좀 해라. 그래야 올가을에 벼 잘되면 너 장가들지 않니."

그래 귀가 번쩍 뜨여서 그날로 일어나서 남이 이틀 품 들일 논을 혼자 삶아놓으니까• 장인님도 눈깔이 커다랗게 놀랐다. 그럼 정말로 가을에 와서 혼인을 시켜줘야 경우가 옳지 않겠나. 볏섬을 척척 들여 쌓아도 다른 소리는 없고 물동이를 이고 들어오는 점순이를 담배통으로 가리키며,

"이 자식아, 미처 커야지. 조걸 데리구 무슨 혼인을 한다구 그러니 원!"

- **무색하다** 쑥스럽거나 미안하여 어색하고 부끄럽다.
- **갈** 갈대.
- **건숭** 건숭반숭. 벌여놓은 일을 끝맺지 아니하고 어중간한 상태에서 내버려 두는 모양.
- **종당에는** 마침내.
- **삶다** 논밭의 흙을 무르고 보드랍게 만들다.

하고 남 낯짝만 붉게 해주고 그만이다. 골김에• 그저 '이놈의 장인님' 하고 댓돌에다 메어꽂고 우리 고향으로 내뺄까 하다가 꾹꾹 참고 말았다.

참말이지 난 이 꼴 하고는 집으로 차마 못 간다. 장가를 들러 갔다가 오죽 못났어야 그대로 쫓겨 왔느냐고 손가락질을 받을 테니까…….

논둑에서 벌떡 일어나 한풀 죽은 장인님 앞으로 다가서며,

"난 갈 테야유. 그동안 사경• 쳐 내슈."

"너 사위로 왔지, 어디 머슴 살러 왔니?"

"그러면 얼찐• 성례를 해줘야 안 하지유. 밤낮 부려만 먹구 해준다, 해준다……."

"글쎄 내가 안 하는 거냐? 그년이 안 크니까……."

하고 어름어름 담배만 담으면서 늘 하는 소리를 또 늘어놓는다.

이렇게 따져나가면 언제든지 늘 나만 밑지고 만다. '이번엔 안 된다.' 하고 대뜸 구장님한테로 단판 가자고• 소맷자락을 내끌었다.

"아, 이 자식이 왜 이래, 어른을."

• **골김에** 홧김에.
• **사경** 머슴이 주인에게서 한 해 동안 일한 대가로 받는 돈이나 물건.
• **얼찐** 얼른.
• **단판 가자고** 단판은 '단 한 번에 승패를 가르는 것'을 뜻하므로, 여기에서는 '판단' 또는 '담판'이 더 적절해 보인다. '판단을 받으러 가자고' 또는 '담판을 지으러 가자고' 정도의 뜻.

안 간다고 뻗디디고• 이렇게 호령은 제 맘대로 하지만, 장인님 제가 내 기운은 못 당한다. 막 부려먹고 딸은 안 주고, 게다 땅땅 치는 건 다 뭐야…….

그러나 내 사실 참, 장인님이 미워서 그런 것은 아니다.

그 전날, 왜 내가 새고개 맞은 봉우리 화전밭을 혼자 갈고 있지 않았느냐. 밭 가생이로 돌 적마다 야릇한 꽃내가 물컥물컥 코를 찌르고 머리 위에서 벌들은 가끔 붕 붕 소리를 친다. 바위틈에서 샘물 소리밖에 안 들리는 산골짜기니까 맑은 하늘의 봄볕은 이불 속같이 따스하고 꼭 꿈꾸는 것 같다. 나는 몸이 나른하고 몸살(아직 모르지만 병)이 나려고 그러는지 가슴이 울렁울렁하고 이랬다.

"어러이! 말이! 맘 마 마……."

이렇게 노래를 하며 소를 부리면, 여느 때 같으면 어깨가 으쓱으쓱한다. 웬일인지 밭 반도 갈지 않아서 온몸의 맥이 풀리고 대구 짜증만 난다. 공연히 소만 들입다 두들기며,

"안야! 안야! 이 망할 자식의 소(장인님의 소니까) 대리•를 꺾어 놀라."

그러나 내 속은 정말 '안야' 때문이 아니라 점심을 이고 온 점순이의 키를 보고 울화가 났던 것이다.

• **뻗디디다** 발에 힘을 주고 버티어 디디다.
• **대리** 다리.

점순이는 뭐 그리 썩 예쁜 계집애는 못 된다. 그렇다고 또 개떡이냐 하면 그런 것도 아니고, 꼭 내 아내가 돼야 할 만치 그저 툽툽하게• 생긴 얼굴이다. 나보다 10년이 아래니까 올해 열여섯인데, 몸은 남보다 두 살이나 덜 자랐다. 남은 잘도 훤칠히들 크건만……, 이건 위아래가 몽톡한• 것이 내 눈에는 헐없이• 감참외 같다. 참외 중에는 감참외가 젤 맛좋고 예쁘니까 말이다. 둥글고 커단 눈은 서글서글하니 좋고, 좀 지처• 찢어졌지만 입은 밥술이나 혹혹이• 먹음직하니 좋다. 아따, 밥만 많이 먹게 되면 팔자는 고만 아니냐. 헌데 한 가지 파•가 있다면 가끔가다 몸이 (장인님은 이걸 채신이 없이 들까분다고• 하지만) 너무 빨리빨리 논다.• 그래서 밥을 나르다가 때없이• 풀밭에다 깨빡을 쳐서• 흙투성이 밥을 곧잘 먹인다. 안 먹으면 무안해할까 봐서 이걸 씹고 앉았노라면 으적으적 소리만 나고 돌을 먹는 건지 밥을 먹는 건지…….

그러나 이날은 웬일인지 성한 밥째로 밭머리에 곱게 내려놓았

- **툽툽하다** 생김새가 멋이 없고 투박하다. 평범하다.
- **몽톡하다** 짧고 굵다.
- **헐없이** 얼없이. 꼭, 틀림없이.
- **지처** 정확한 뜻을 알 수 없음.
- **혹혹이** 정확한 뜻을 알 수 없음. 문맥상 '톡톡히', 즉 '넉넉히, 충분히' 정도의 뜻으로 보임.
- **파** 사람의 허물이나 결점.
- **들까불다** 가볍고 조심성 없게 행동하다.
- **놀다** 그렇게 행동하다.
- **때없이** 정해진 시간이 없이 아무 때나.
- **깨빡을 치다** 깻박치다. 그릇 따위를 떨어뜨려 속에 있던 것이 산산이 흩어지게 만들다.

다. 그리고 또 내외를 해야 하니까 저만큼 떨어져 이쪽으로 등을 향하고 웅크리고 앉아서 그릇 나기를 기다린다.

내가 다 먹고 물러섰을 때 그릇을 와서 챙기는데, 그런데 난 깜짝 놀라지 않았느냐. 고개를 푹 숙이고 밥함지•에 그릇을 포개면서 날더러 들으라는지 혹은 제소린지,

"밤낮 일만 하다 말 텐가!"

하고 혼자서 쫑알거린다. '고대• 잘 내외하다가 이게 무슨 소린가?' 하고 난 정신이 얼떨떨했다. 그러면서도 한편 무슨 좋은 수나 있는가 싶어서 나도 공중을 대고 혼잣말로,

"그럼 어떡해?"

하니까,

"성례시켜 달래지 뭘 어떡해!"

하고 되알지게• 쏘아붙이고 얼굴이 발개져서 산으로 그저 도망질을 친다.

나는 잠시 동안 어떻게 되는 심판•인지 맥을 몰라서 그 뒷모양만 덤덤히 바라보았다.

봄이 되면 온갖 초목이 물이 오르고 싹이 트고 한다. 사람도 아

• **밥함지** 밥을 담는 데 쓰는 나무로 만든 큰 그릇.
• **고대** 지금껏. 이제까지.
• **되알지다** 몹시 기운차고 야무지다.
• **심판** 셈판(어떤 일이나 사실의 원인. 또는 그런 형편).

마 그런가 보다. 며칠 내에 부쩍 (속으로) 자란 듯싶은 점순이가 여간 반가운 것이 아니다.

이런 걸 멀쩡하게 아직 어리다고 하니까…….

우리가 구장님을 찾아갔을 때 그는 싸리문 밖에 있는 돼지우리에서 죽을 퍼주고 있었다. 서울엘 좀 갔다 오더니, 사람은 점잖아야 한다고 웃쉼•이 (얼른 보면 지붕 위에 앉은 제비 꼬랑지 같다.) 양쪽으로 뾰죽이 뻐치고 그걸 '에헴' 하고 늘 쓰담는 손버릇이 있다. 우리를 멀뚱히 쳐다보고 미리 알아챘는지,

"왜 일들 허다 말구 그래?"

하더니 손을 올려서 그 에헴을 한번 후딱 했다.

"구장님! 우리 장인님과 츰에• 계약하기를……."

먼저 덤비는 장인님을 뒤로 떠다밀고 내가 허둥지둥 달려들다가 가만히 생각하고,

"아니 우리 빙장님•과 츰에……."

하고 첫 번부터 다시 말을 고쳤다. 장인님은 '빙장님' 해야 좋아하고, 밖에 나와서 '장인님' 하면 괜스레 골을 내려고 든다. 뱀도 뱀이래야 좋냐고,• 창피스러우니 남 듣는 데는 제발 '빙장님, 빙모

• **웃쉼** 웃쇠미(윗수염).
• **츰에** 처음에.
• **빙장** 다른 사람의 장인어른을 이르는 말.
• **뱀도 뱀이래야 좋냐** '뱀한테 뱀이라고 하면 좋겠느냐?'라는 말. 꼭 맞는 말이긴 하지만 왠지 기분이 좋지 않을 때 쓰는 표현.

님' 하라고 일상 말조짐•을 받아오면서 난 그것도 자꾸 잊는다. 당장도 '장인님' 하다 옆에서 내 발등을 꾹 밟고 곁눈질을 흘기는 바람에야 겨우 알았지만…….

구장님도 내 이야기를 자세히 듣더니 퍽 딱한 모양이었다. 하기야 구장님뿐만 아니라 누구든지 다 그럴 게다. 길게 길러둔 새끼손톱으로 코를 후벼서 저리 탁 튀기며,

"그럼 봉필씨! 얼른 성례를 시켜주구려. 그렇게까지 제가 하구 싶다는 걸……."

하고 내 짐작대로 말했다. 그러나 이 말에 장인님이 삿대질로 눈을 부라리고,

"아 성례구 뭐구 기집애년이 미처 자라야 할 게 아닌가?"

하니까 고만 멀쑤룩해서• 입맛만 쩍쩍 다실 뿐이 아닌가.

"그것두 그래!"

"그래, 거진 4년 동안에도 안 자랐다니, 그 킨 은제 자라지유? 다 그만두구 사경 내슈!"

"글쎄, 이 자식아! 내가 크질 말라구 그랬니? 왜 날보구 떼냐?"

"빙모님은 참새만 한 것이 그럼 어떻게 앨 낳지유?" (사실 빙모님은 점순이보다도 귓배기 하나가• 작다.)

• **말조짐** 말조심하도록 단단히 단속하는 일.
• **멀쑤룩하다** 머쓱하다. 어색하다.
• **귓배기 하나가** 귀 하나 정도의 크기(길이)가.

장인님은 이 말을 듣고 껄껄 웃더니 (그러나 암만해도 돌 씹은 상이다.) 코를 푸는 척하고 날 은근히 골리려고 팔꿈치로 옆 갈비께를 퍽 치는 것이다. 더럽다. 나도 종아리의 파리를 쫓는 척하고 허리를 구부리며 어깨로 그 궁둥이를 콱 떼밀었다. 장인님은 앞으로 우찔근하고• 싸리문께로 쓰러질 듯하다 몸을 바로 고치더니 눈총을 몹시 쏘았다. '이런 쌍년의 자식' 하곤 싶으나 남의 앞이라서 차마 못 하고 섰는 그 꼴이 보기에 퍽 쟁그러웠다.•

그러나 이 말에는 별반 신통한 귀정•을 얻지 못하고 도로 논으로 돌아와서 모를 부었다. 왜냐면 장인님이 뭐라고 귓속말로 수군수군하고 간 뒤다. 구장님이 날 위해서 조용히 데리고 아래와 같이 일러주었기 때문이다. (뭉태의 말은 구장님이 장인님에게 땅 두 마지기 얻어 부치니까, 그래 꾀였다고 하지만 난 그렇게 생각 않는다.)

"자네 말두 하기야 옳지. 암, 나이 찼으니까 아들이 급하다는 게 잘못된 말은 아니야. 허지만 농사가 한창 바쁠 때 일을 안 한다든가 집으로 달아난다든가 하면 손해죄루 그것두 징역을 가거든! (여기에 그만 정신이 번쩍 났다.) 왜 요전에 삼포 마을서 산에 불 좀 놓았다구 징역 간 거 못 봤나? 제 산에 불을 놓아두 징역을 가는

• **우찔근하다** 우지끈하다. 크고 단단한 물건이 부러지거나 부서지는 소리가 나다. 또는 그런 소리를 내다.
• **쟁그럽다** 쟁글거리다. 재미있다, 고소하다.
• **귀정** 그릇되었던 일이 바른길로 돌아옴.

이땐데, 남의 농사를 버려주니 죄가 얼마나 더 중한가? 그리고 자넨 정장•을 (사경 받으러 정장 가겠다 했다.) 간대지만 그러면 괜시리 죄를 들쓰고 들어가는 걸세. 또 결혼두 그렇지. 법률에 성년이란 게 있는데, 스물하나가 돼야지 비로소 결혼을 할 수가 있는 걸세. 자넨 물론 아들이 늦을 걸 염려하지만, 점순이루 말하면 인제 겨우 열여섯이 아닌가? 그렇지만 아까 빙장님의 말씀이 올가을에는 열 일을 제치고라두 성례를 시켜주겠다 하시니 좀 고마울 겐가. 빨리 가서 모 붓던 거나 마저 붓게. 군소리 말구 어서 가!"

그래서 오늘 아침까지 끽소리 없이 왔다.

장인님과 내가 싸운 것은 지금 생각하면 전혀 뜻밖의 일이라 안할 수 없다. 장인님으로 말하면 요즈막 작인•들에게 행세를 좀 하고 싶다고 해서, "돈 있으면 양반이지 별 게 있느냐!" 하고 일부러 아랫배를 툭 내밀고 걸음도 뒤틀리게 걷고 하는 이 판이다. 이까짓 나쯤 뚜들기다 남의 땅을 가지고 모처럼 닦아놓았던 가문을 망친다든가 할 어른이 아니다. 또 나로 말하면, 아무쪼록 잘 뵈서 점순이에게 얼른 장가를 들어야 하지 않느냐…….

이렇게 말하자면 결국 어젯밤 뭉태네 집에 마슬 간• 것이 썩 나빴다. 낮에 구장님 앞에서 장인님과 내가 싸운 것을 어떻게 알았

• **정장** 소송을 위한 자료를 관청에 냄.
• **작인** 소작인.
• **마슬 가다** 마실 가다. 이웃 사람을 만나기 위해 놀러 가다.

는지 대구 빈정거리는 것이 아닌가.

"그래, 맞구두 그걸 가만둬?"

"그럼 어떡허니?"

"임마, 봉필일 모판에다 거꾸로 박아놓지 뭘 어떡해?"

하고 괜히 나 대신 화를 내가지고 주먹질을 하다 등잔까지 쳤다. 놈이 본시 괄괄은 하지만, 그래놓고 날더러 석윳값을 물라고 막 찌다우•를 붙는다. 난 어안이 벙벙해서 잠자코 앉았으니까 저만 연신 지껄이는 소리가,

"밤낮 일만 해주구 있을 테냐?"

"영득이는 1년을 살구두 장갈 들었는데 넌 4년이나 살구두 더 살아야 해?"

"네가 세 번째 사윈 줄이나 아니? 세 번째 사위!"

"남의 일이라두 분하다. 이 자식아, 우물에 가 빠져 죽어."

나중에는 겨우 손톱으로 목을 따라고까지 하고, 제 아들같이 함부로 훅닥이었다.• 별의별 소리를 다 해서 그대로 옮길 수는 없으나 그 줄거리는 이렇다.

우리 장인님 딸이 셋이 있는데 맏딸은 재작년 가을에 시집을 갔다. 정말은 시집을 간 것이 아니라 그 딸도 데릴사위를 해가지고

• **찌다우** 지다위. 자기의 허물을 남에게 덮어씌움. 남에게 떼를 씀.
• **훅닥이다** 잔소리나 까다로운 요구를 하며 귀찮게 대들다.

있다가 내보냈다. 그런데 딸이 열 살 때부터 열아홉, 즉 10년 동안에 데릴사위를 갈아들이기를, 동리에선 '사위 부자'라고 이름이 났지마는 열 놈이란 참 너무 많다. 장인님이 아들은 없고 딸만 있는 고로 그담 딸을 데릴사위를 해 올 때까지는 부려먹지 않으면 안 된다. 물론 머슴을 두면 좋지만 그건 돈이 드니까, 일 잘하는 놈을 고르느라고 연방 바꿔 들였다. 또 한편 놈들이, 욕만 줄창 퍼붓고 심히도 부려먹으니까 밸•이 상해서 달아나기도 했겠지. 점순이는 둘째 딸인데, 내가 일테면 그 세 번째 데릴사위로 들어온 셈이다. 내 담으로 네 번째 놈이 들어올 것을, 내가 일도 참 잘하고 그리고 사람이 좀 어수룩하니까 장인님이 잔뜩 붙들고 놓질 않는다. 셋째 딸이 인제 여섯 살, 적어도 열 살은 돼야 데릴사위를 할 터이므로 그동안은 죽도록 부려먹어야 된다. 그러니 인제는 속 좀 차리고 장가를 들여달라고 떼를 쓰고 나자빠져라, 이것이다.

나는 건성으로 엉 엉 하며 귓등으로 들었다. 뭉태는 땅을 얻어 부치다가 떨어진 뒤로는 장인님만 보면 공연히 못 먹어서 으릉거린다. 그것도 장인님이 저 달라고 할 적에 제집에서 위한다는• 그 감투(예전에 원님이 쓰던 것이라나, 옆구리에 뽕뽕 좀 먹은 걸레)를 선뜻 주었다면 그럴 리도 없었던 걸…….

• **밸** 배알(마음).
• **위하다** 소중히 여기다.

그러나 나는 뭉태란 놈의 말을 전수이• 곧이듣지 않았다. 꼭 곧이 들었다면 간밤에 와서 장인님과 싸웠지 무사히 있었을 리가 없지 않은가. 그러면 딸에게까지 인심을 잃은 장인님이 혼자 나빴다.•

실토이지• 나는 점순이가 아침상을 가지고 나올 때까지는 '오늘은 또 얼마나 밥을 담았나?' 하고 이것만 생각했다. 상에는 된장찌개하고 간장 한 종지, 조밥 한 그릇, 그리고 밥보다 더 수부룩하게• 담은 산나물이 한 대접, 이렇다. 나물은 점순이가 틈틈이 해오니까 두 대접이고 네 대접이고 멋대로 먹어도 좋으나, 밥은 장인님이 한 사발 외엔 더 주지 말라고 해서 안 된다. 그런데 점순이가 그 상을 내 앞에 내려놓으며 제 말로 지껄이는 소리가,

"구장님한테 갔다 그냥 온담 그래!"

하고 엊그제 산에서와 같이 되우• 쫑알거린다. '딴은 내가 더 단단히 덤비지 않고 만 것이 좀 어리석었다.' 속으로 그랬다. 나도 저쪽 벽을 향하여 외면하면서 내 말로,

"안 된다는 걸 그럼 어떡헌담!"

하니까,

- **전수이** 모두 다.
- **그러면 ~ 나빴다** 그렇게 했더라면 장인님만 나쁜 사람이 되었을 것이라는 '나'의 생각을 드러낸 말.
- **실토이지** 실토하면. 사실대로 말하면.
- **수부룩하다** 수북하다.
- **되우** 아주 몹시.

"쇰•을 잡아채지 그냥 둬, 이 바보야!"

하고 또 얼굴이 빨개지면서 성을 내며 안으로 샐죽하니• 튀어 들어가지 않느냐. 이때 아무도 본 사람이 없었기에 망정이지, 보았다면 내 얼굴이 어미 잃은 황새 새끼처럼 가여웁다 했을 것이다.

사실 이때만치 슬펐던 일이 또 있었는지 모른다. 다른 사람은 암만 못생겼다 해도 괜찮지만, 내 아내 될 점순이가 병신으로 본다면 참 신세는 따분하다. 밥을 먹은 뒤 지게를 지고 일터로 가려 하다 도로 벗어 던지고 바깥마당 공석• 위에 드러누워서, 나는 차라리 죽느니만 같지 못하다 생각했다.

내가 일 안 하면 장인님 저는 나이가 먹어 못하고, 결국 농사 못 짓고 만다. 뒷짐으로 트림을 끌꺽 하고 대문 밖으로 나오다 날 보고서,

"이 자식아, 너 왜 또 이러니?"

"관격•이 났어유. 아이구 배야!"

"기껏 밥 처먹구 나서 무슨 관격이야. 남의 농사 버려주면, 이 자식아 징역 간다 봐라!"

"가두 좋아유. 아이구 배야!"

- **쇰** 수염.
- **샐죽하다** 샐쭉하다. 마음에 차지 않아서 섭섭하고 언짢게 여기다.
- **공석** 섬(곡식 따위를 담기 위해 짚으로 엮어 만든 것)을 풀어 돗자리처럼 만든 것.
- **관격** 먹은 음식이 갑자기 체하여 가슴속이 막히고 위로는 계속 토하며 아래로는 대소변이 통하지 않는 위급한 증상.

참말 난 일 안 해서 징역 가도 좋다 생각했다. 일후• 아들을 낳아도 그 앞에서 '바보, 바보' 이렇게 별명을 들을 테니까. 오늘은 열 쪽이 난대도 결정을 내고 싶었다.

장인님이 일어나라고 해도 내가 안 일어나니까 눈에 독이 올라서 저편으로 휑하니 가더니 지게막대기를 들고 왔다. 그리고 그걸로 내 허리를 마치 돌 떠넘기듯이 쿡 찍어서 넘기고 넘기고 했다. 밥을 잔뜩 먹고 딱딱한 배가 그럴 적마다 퉁겨지면서 밸창•이 꼿꼿한 것이 여간 켕기지 않았다. 그래도 안 일어나니까 이번에는 배를 지게막대기로 위에서 쿡쿡 찌르고 발길로 옆구리를 차고 했다. 장인님은 원체 심정•이 궂어서 그러지만, 나도 저만 못하지 않게 배를 차였다. 아픈 것을 눈을 꽉 감고 '넌 해라, 난 재밌다'는 듯이 있었으나, 볼기짝을 후려갈길 적에는 나도 모르는 결에 벌떡 일어나서 그 수염을 잡아챘다마는, 내 골이 난 것이 아니라 정말은 아까부터 벽 뒤 울타리 구멍으로 점순이가 우리들의 꼴을 몰래 엿보고 있었기 때문이다. 가뜩이나 말 한마디 톡톡히• 못 한다고 바보라는데, 매까지 잠자코 맞는 걸 보면 짜장 바보로 알 게 아닌가. 또 점순이도 미워하는 이까짓 놈의 장인님. 나하곤 아무것도

- **일후** 기간이 지난 뒤에 올 날.
- **밸창** 배 속에 있는 창자.
- **심정** 마음을 쓰는 태도. 좋지 않은 마음.
- **톡톡히** 구실이나 역할 따위가 제대로 되어 충분하게.

안 되니까 막 때려도 좋지만, 사정 보아서 수염만 채고 (제 원대로 했으니까 이때 점순이는 퍽 기뻤겠지.) 저기까지 잘 들리도록,

"이걸 까세라• 부다!"

하고 소리를 쳤다.

장인님은 더 약이 바짝 올라서 잡은참 지게막대기로 내 어깨를 그냥 내리갈겼다. 정신이 다 아찔하다, 다시 고개를 들었을 때 그 때엔 나도 온몸에 약이 올랐다. '이 녀석의 장인님을!' 하고 눈에서 불이 퍽 나서, 그 아래 밭 있는 넝알•로 그대로 떠밀어 굴려버렸다. 조금 있다가 장인님이 씩 씩 하며 한번 해보려고 기어오르는 걸 얼른 또 떠밀어 굴려버렸다.

기어오르면 굴리고, 굴리면 기어오르고…… 이러길 한 네댓 번을 하며 그럴 적마다,

"부려만 먹구 왜 성례 안 하지유!"

나는 이렇게 호령했다. 허지만 장인님이 선뜻 "오냐, 낼이라두 성례시켜 주마." 했으면 나도 성가신 걸 그만두었을지 모른다. 나야 이러면 때린 건 아니니까 나중에 장인 쳤다는 누명도 안 들을 터이고, 얼마든지 해도 좋다.

한번은 장인님이 헐떡헐떡 기어서 올라오더니 내 바짓가랑이를

• **까세다** 세차게 치다.
• **넝알** 낭떠러지 아래. '넝', '엉'은 '낭떠러지'를 이르는 말.

요렇게 노리고서 단박 움켜잡고 매달렸다. '악' 소리를 치고 나는, 그만 세상이 다 팽그르 도는 것이…….

"빙장님! 빙장님! 빙장님!"

"이 자식! 잡아먹어라, 잡아먹어!"

"아! 아! 할아버지! 살려줍쇼, 할아버지!"

하고 두 팔을 허둥지둥 내저을 적에는 이마에 진땀이 쭉 내솟고 인젠 참으로 죽나 보다 했다. 그래도 장인님은 놓질 않더니, 내가 기어이 땅바닥에 쓰러져서 거진 까무러치게 되니까 놓는다. 더럽다, 더럽다. 이게 장인님인가? 나는 한참을 못 일어나고 쩔쩔맸다. 그러다 얼굴을 드니 (눈에 참 아무것도 보이지 않았다.) 사지가 부르르 떨리면서 나도 엉금엉금 기어가 장인님의 바짓가랑이를 꽉 움키고 잡아낚았다.

내가 머리가 터지도록 매를 얻어맞은 것이 이 때문이다. 그러나 여기가 또한 우리 장인님이 유달리 착한 곳이다. 여느 사람이면 사경을 주어서라도 당장 내쫓았지, 터진 머리를 불솜•으로 손수 지져주고, 호주머니에 희연• 한 봉을 넣어주고 그리고,

"올가을엔 꼭 성례를 시켜주마. 암말 말구 가서 뒷골의 콩밭이나 얼른 갈아라."

• **불솜** 상처를 소독하기 위해 불에 그슬린 솜방망이.
• **희연** 일제강점기 때 담배의 이름.

하고 등을 뚜덕여• 줄 사람이 누구냐.

나는 장인님이 너무나 고마워서 어느덧 눈물까지 났다. 점순이를 남기고 인젠 내쫓기려니 하다 뜻밖의 말을 듣고,

"빙장님! 인제 다시는 안 그러겠어유!"

이렇게 맹서를 하며 부랴사랴• 지게를 지고 일터로 갔다.

그러나 이때는 그걸 모르고 장인님을 원수로만 여겨서 잔뜩 잡아당겼다.

"아! 아! 이놈아! 놔라, 놔, 놔!"

장인님은 헛손질을 하며 솔개미•에 채인 닭의 소리를 연해• 질렀다. '놓긴 왜?' 이왕이면 호되게 혼을 내주리라 생각하고 짓궂이 더 댕겼다마는, 장인님이 땅에 쓰러져서 눈에 눈물이 피잉 도는 것을 알고 좀 겁도 났다.

"할아버지! 놔라, 놔, 놔, 놔라."

그래도 안 되니까,

"얘 점순아! 점순아!"

이 악장•에 안에 있었던 장모님과 점순이가 헐레벌떡하고 단숨에 뛰어나왔다.

• **뚜덕이다** 토닥이다.
• **부랴사랴** 매우 급하게 서두르는 모양.
• **솔개미** 솔개.
• **연하다** 행위나 현상이 끊이지 않고 계속 이어지다.
• **악장** 있는 힘을 다하여 모질게 마구 쓰는 기운을 강조하여 이르는 말.

나의 생각에 장모님은 제 남편이니까 역성*을 할는지도 모른다. 그러나 점순이는 내 편을 들어서 속으로 고소해하겠지……. 대체 이게 웬 속인지 (지금까지도 난 영문을 모른다), 아버질 혼내주기는 제가 하래 놓고 이제 와서는 달려들며,

"에구머니! 이 망할 게 아버지 죽이네!"

하고 내 귀를 뒤로 잡아당기며 마냥 우는 것이 아니냐. 그만 여기에 기운이 탁 꺾이어 나는 얼빠진 등신이 되고 말았다. 장모님도 덤벼들어 한쪽 귀마저 뒤로 잡아채면서 또 우는 것이다.

이렇게 꼼짝 못 하게 해놓고 장인님은 지게막대기를 들어서 사뭇 내려조겼다.* 그러나 나는 구태여 피하려지도 않고 암만해도 그 속 알 수 없는 점순이의 얼굴만 멀거니 들여다보았다.

"이 자식! 장인 입에서 할아버지 소리가 나오도록 해?"

《조광》 1935년 12월호에 실린 것을 바탕으로 함.

- **역성** 옳고 그름에는 관계없이 무조건 한쪽 편을 들어주는 일.
- **내려조기다** 냅다 두들기거나 때리다.

작품 이해하기

〈봄·봄〉은 1935년 12월 《조광》에 발표된 단편소설이다. "이 자식아! 성례구 뭐구 미처 자라야지!"라며 성례를 최대한 미루려는 장인과 "성례시켜 달라지 뭘 어떡해."라며 은근히 자신의 마음을 내비치는 점순이 사이에서 어수룩한 '나'가 갈등을 표출하고 화해하는 과정을 그리고 있다.

이 작품은 1930년대 강원도 농촌을 배경으로 장인과 점순이, '나' 사이에서 벌어지는 일들을 해학적으로 보여준다. 장인은 농촌 사회에서 강자에 속하는 마름이고, '나'는 데릴사위로 들어왔지만 실은 머슴 같은 존재이다. '나'는 점순이와의 성례를 조건으로 들어왔지만, 성례를 자꾸 미루는 장인이 불만이다. 그래서 상황을 바꿔보려고 구장한테 가서 판단을 받아보기도 하고, 일을 안 하겠다고 으름장을 놓아보기도 한다. 결국엔 바짓가랑이를 잡고 장인과 싸우기도 하지만, 점순이가 장인 편을 드는 바람에 '나'는 기가 꺾이고 장인의 회유에 넘어가게 된다. 이 소설을 읽고 나면 '과연 주인공은 점순이와 성례를 할 수 있었을까?' 하는 안타까움과 연민이 생겨나게 된다.

보통의 소설은 '발단 - 전개 - 위기 - 절정 - 결말'로 이루어지며 대개 순행적으로 구성되는데, 이 작품은 시간과 사건을 역순행적으로 구성했다. 이에 따르면 가장 최근의 일은 장인이 '나'에게 올해 가을에 성례를 시켜줄 테니 콩밭을 얼른 갈라고 달래자 '나'는 장인에게 고마움을 느껴 눈물까지 흘리며 다시는 안 그러겠다는 맹세를 하고 일터로 가는 것이다. 사실상 결론에 해당하는 부분을 어째서 맨 앞부분에 배치해 두었을까?

만약 이 부분이 결말로 제시되었다면 교활한 장인에게 또다시 속아 넘어가는 '나'의 어리석은 모습만 부각되었을 것이다. 하지만 바짓가랑이를 붙잡는 '나'와 장인의 처절한 싸움과 점순이의 예상치 못한 모습이 나타나는 장면을 결말에 제시함으로써 긴장감과 해학성을 높이고 여운을 남기는 효과를 얻을 수 있게 되었다.

작품 깊이읽기

봄·봄, 제목에 들어간 중점의 의미는?

<봄·봄>에서는 만물이 소생하는 봄을 배경으로 순박한 시골 남녀의 사랑이 펼쳐진다. 봄이 되자 '나'는 장인에게 성례를 요구한다. 하지만 장인은 점순이의 키가 크지 않았다는 식의 핑계를 늘어놓으며 번번이 혼인을 시켜주지 않는다. '나'는 그런 장인의 회유책에 늘상 속아넘어가고 만다. 작년 봄에는 성례를 시켜달라고 조르다가 장인 때문에 발목을 삐기도 했는데, 가을에 벼 잘되면 장가를 들게 해줄 수도 있다는 장인의 말에 다시 일을 하러 간다. 올해 봄에는 점순이가 부추긴 것도 있고 해서 장인과 격투까지 벌여가며 성례를 요구해 보지만, 장인의 편을 드는 점순이의 모습에 어리둥절한 채로 다시 일터로 돌아갈 뿐이다.

장인은 아들은 없고 딸만 있어서 데릴사위를 머슴 대신 부린다. 여섯 살인 셋째 딸은 적어도 열 살은 돼야 데릴사위를 들일 수 있을 것이다. 그러니 내년 봄에도 성례를 둘러싼 '나'와 장인의 갈등은 다시 반복될 것이다. 내년 봄에도, 그다음 봄에도 장인은 비슷한 핑계를 대며 성례를 미룰 것이다. 소설의 제목 속 중점은 이런 맥락에서 사용된 게 아닐까? 앞으로도 성례로 인한

갈등이 계속 반복될 '나'의 암담한 상황을 상징하는 표시로 말이다.

장인인가 마름인가?

'나'는 데릴사위로 3년 7개월 동안 머슴살이를 하고 있다. 장인은 점순이와의 결혼을 빌미로 '나'에게 임금을 주지 않은 채 머슴 일을 시키고 있다. 겉으로 보면 장인과 '나'의 갈등 상황을 해학적으로 보여주는 것 같지만, 실상은 마름이 소작인을 착취하는 당시 상황을 비판적으로 보여준다 하겠다.

소설의 배경은 1930년대 강원도 농촌이다. 1930년대는 일제의 수탈이 극에 달해 농촌이 경제적으로 매우 궁핍해지던 시기였다. 이 당시 농촌에서는 지주, 마름, 소작인의 지배 구조가 형성되었는데, 극심한 빈곤과 일제의 수탈로 농민의 80퍼센트 가까이가 소작인으로 전락하고 만다. 그러는 한편 친일 지주는 일제의 비호 아래 마름을 두어 소작인들을 가혹하게 수탈한다. 장인은 소작인들을 가혹하게 수탈하는 마름의 전형적인 모습을 보여준다고 할 수 있겠다.

등장인물들의 성격

장인 김봉필은 실레마을에서 '욕필이'로 통했던 실존 인물이다. 실제로 딸이 많아 데릴사위를 머슴처럼 부려먹었고, 그로 인해 이웃의 인심을 잃었다고 한다. 뇌물을 주는 사람들에게 소작할 땅을 가로채게 하는 등 작품 속에서 보여지는 장인의 모습은 당시 마름들의 횡포를 짐작하게 한다.

'나'는 다른 사람의 말을 잘 믿는 순진한 인물이다. 그러나 보수도 없이 일하는 자신의 계약이 잘못되었음을 깨닫기 시작하며 장인에게 대들기도 한다. 순박하고 우직한 성격인 탓에 '나'는 상황을 제대로 판단하지 못하고 이는 읽는 이로 하여금 동정과 연민의 마음을 갖게 한다.

점순이는 장인의 둘째 딸로 키가 크지 않아 혼례를 허락받지 못해 '나'의 속을 태우고 있다. 속절없이 우직하게 일만 하는 '나'를 답답하게 여기며 성례시켜 달라는 요구를 하도록 종용하는 당돌한 인물이다. 하지만 '나'가 장인과 격투를 벌이게 되자 '나'가 아닌, 장인의 편을 드는 양면적인 모습을 보이기도 한다.

봄 · 봄

동백꽃

만무방

금 따는 콩밭

동백꽃

오늘도 또 우리 수탉이 막 쪼이었다. 내가 점심을 먹고 나무를 하러 갈 양으로 나올 때이었다. 산으로 올라서려니까 등 뒤에서 푸드득 푸드득 하고 닭의 횃소리•가 야단이다. 깜짝 놀라며 고개를 돌려보니, 아니나 다르랴 두 놈이 또 얼리었다.•

점순네 수탉(은 대강이•가 크고 똑 오소리같이 실팍하게• 생긴 놈)이 덩저리• 작은 우리 수탉을 함부로 해내는• 것이다. 그것도 그냥 해내는 것이 아니라 푸드득 하고 면두•를 쪼고 물러섰다가 좀 사이를 두고 푸드득 하고 모가지를 쪼았다. 이렇게 멋을 부려가며 여지없이 닦아놓는다.• 그러면 이 못생긴 것은 쪼일 적마다 주둥이로 땅을 받으며 그 비명이 킥 킥 할 뿐이다. 물론 미처 아물지도

- **횃소리** 닭이나 새 따위가 날개를 벌리고 탁탁 치는 소리.
- **얼리다** 한데 섞여 뒤엉키다.
- **대강이** 대가리. 머리.
- **실팍하다** 보기에 매우 튼튼하고 실하다.
- **덩저리** 덩치. 몸집.
- **해내다** 상대편을 여지없이 이겨내다.
- **면두** 볏(닭이나 새 따위의 이마 위에 세로로 붙은 살 조각). 빛깔이 붉고 가장자리가 톱니처럼 생겼다.
- **닦다** 휘몰아서 나무라다.

않은 면두를 또 쪼이어 붉은 선혈•은 뚝 뚝 떨어진다. 이걸 가만히 내려다보자니 내 대강이가 터져서 피가 흐르는 것같이 두 눈에서 불이 번쩍 난다. 대뜸 지게막대기를 메고 달려들어 점순네 닭을 후려칠까 하다가 생각을 고쳐먹고 헛매질로 떼어만 놓았다.

이번에도 점순이가 쌈을 붙여놨을 것이다. 바짝바짝 내 약을 올리느라고 그랬음이 틀림없을 것이다.

고놈의 계집애가 요새로 들어서서 왜 나를 못 잡아먹겠다고 고렇게 아르릉거리는지• 모른다.

나흘 전 감자 쪼간•만 하더라도 나는 저에게 조금도 잘못한 것은 없다.

계집애가 나물을 캐러 가면 갔지, 남 울타리 엮는 데 쌩이질•을 하는 것은 다 뭐냐. 그것도 발소리를 죽여가지고 등 뒤로 살며시 와서,

"얘! 너 혼자만 일하니?"

하고 긴치 않은 수작을 하는 것이다.

어제까지도 저와 나는 이야기도 잘 않고 서로 만나도 본척만

- **선혈** 새빨간 피.
- **아르릉거리다** 부드럽지 못한 말로 자꾸 매우 크게 외치거나 다투다.
- **쪼간** 어떤 사건.
- **쌩이질** 한창 바쁠 때에 쓸데없는 일로 남을 귀찮게 구는 짓.

척하고 이렇게 점잖게 지내던 터이련만, 오늘로 갑작스레 대견해졌음은• 웬일인가. 항차• 망아지만 한 계집애가 남 일하는 놈보구…….

"그럼 혼자 하지 떼루 하디?"

내가 이렇게 내뱉는 소리를 하니까,

"너 일하기 좋니?"

또는,

"한여름이나 되거든 하지 벌써 울타리를 하니?"

잔소리를 두루 늘어놓다가 남이 들을까 봐 손으로 입을 틀어막고는 그 속에서 깔깔댄다. '별로 우스울 것도 없는데, 날새•가 풀리더니 이놈의 계집애가 미쳤나.' 하고 의심하였다. 게다가 조금 뒤에는 즈집께•를 할금할금• 돌아다보더니 행주치마•의 속으로 꼈던 바른손•을 뽑아서 나의 턱밑으로 불쑥 내미는 것이다. 언제 구웠는지 아직도 더운 김이 확 끼치는 굵은 감자 세 개가 손에 뿌듯이 쥐였다.

- **대견하다** 서로 마주 보다.
- **항차** 더군다나. 하물며.
- **날새** 날씨.
- **즈집께** 제집께(자기 집이 있는 곳 근처).
- **할금할금** 곁눈으로 살그머니 계속 노려보는 모양.
- **행주치마** 부엌일을 할 때 옷을 더럽히지 아니하려고 덧입는 작은 치마.
- **바른손** 오른쪽에 있는 손.

"느 집엔 이거 없지?"

하고 생색 있는 큰소리를 하고는 제가 준 것을 남이 알면은 큰일 날 테니 여기서 얼른 먹어버리란다. 그리고 또 하는 소리가,

"너, 봄 감자가 맛있단다."

"난 감자 안 먹는다. 너나 먹어라."

나는 고개도 돌리지 않고 일하던 손으로 그 감자를 도로 어깨너머로 쑥 밀어버렸다.

그랬더니 그래도 가는 기색이 없고, 뿐만 아니라 쌔근쌔근하고 심상치 않게 숨소리가 점점 거칠어진다. '이건 또 뭐야?' 싶어서 그때에야 비로소 돌아다보니, 나는 참으로 놀랐다. 우리가 이 동네에 들어온 것은 근 3년째 되어오지만 여태껏 가무잡잡한 점순이의 얼굴이 이렇게까지 홍당무처럼 새빨개진 법이 없었다. 게다 눈에 독을 올리고 한참 나를 요렇게 쏘아보더니 나중에는 눈물까지 어리는 것이 아니냐. 그리고 보구니•를 다시 집어 들더니 이를 꼭 악물고는 엎더질• 듯 자빠질• 듯 논둑으로 횡허케• 달아나는 것이다.

어쩌다 동리 어른이,

- **보구니** 바구니.
- **엎더지다** 엎드러지다. 잘못하여 앞으로 넘어지다.
- **자빠지다** 뒤로 또는 옆으로 넘어지다.
- **횡허케** 횡하니. 곧장 빠르게 가는 모양.

"너 얼른 시집을 가야지?"

하고 웃으면,

"염려 마서유. 갈 때 되면 어련히 갈라구!"

이렇게 천연덕스레 받는 점순이었다. 본시 부끄럼을 타는 계집애도 아니거니와 또한 분하다고 눈에 눈물을 보일 얼병이•도 아니다. 분하면 차라리 나의 등어리를 보구니로 한번 모질게 후려 쌔리고• 달아날지언정.

그런데 고약한 그 꼴을 하고 가더니 그 뒤로는 나를 보면 잡아먹으려고 기를 복복 쓰는 것이다.

설혹 주는 감자를 안 받아먹은 것이 실례라 하면, 주면 그냥 주었지 '느 집엔 이거 없지?'는 다 뭐냐. 그렇잖아도 즈이는 마름이고 우리는 그 손에서 배재•를 얻어 땅을 부치므로 일상 굽실거린다. 우리가 이 마을에 처음 들어와 집이 없어서 곤란으로 지낼 제, 집터를 빌리고 그 위에 집을 또 짓도록 마련해 준 것도 점순네의 호의였다. 그리고 우리 어머니 아버지도 농사 때 양식이 딸리면 점순네한테 가서 부지런히 꾸어다 먹으면서, 인품 그런 집은 다시 없으리라고 침이 마르도록 칭찬하고 하는 것이다. 그러면서도 열

• **얼병이** 얼간이.
• **쌔리다** 때리다.
• **배재** 마름과 소작인 사이에 교환한 소작권 위임 문서.

일곱씩이나 된 것들이 수군수군하고 붙어 다니면 동리의 소문이 사납다고 주의를 시켜준 것도 또 어머니였다. 왜냐하면 내가 점순이하고 일을 저질렀다가는 점순네가 노할 것이고, 그러면 우리는 땅도 떨어지고 집도 내쫓기고 하지 않으면 안 되는 까닭이었다.

그런데 이놈의 계집애가 까닭 없이 기를 복복 쓰며 나를 말려 죽이려고 드는 것이다.

눈물을 흘리고 간 담날 저녁나절이었다. 나무를 한 짐 잔뜩 지고 산을 내려오려니까 어디서 닭이 죽는소리를 친다. '이거 뉘 집에서 닭을 잡나?' 하고 점순네 울 뒤로 돌아오다가 나는 고만 두 눈이 뚱그레졌다. 점순이가 즈집 봉당•에 홀로 걸터앉았는데, 아 이게 치마 앞에다 우리 씨암탉을 꼭 붙들어 놓고는,

"이놈의 닭! 죽어라 죽어라."

요렇게 암팡스레• 패주는 것이 아닌가. 그것도 대가리나 치면 모른다마는, 아주 알도 못 낳으라고 그 볼기짝께를 주먹으로 콕콕 쥐어박는 것이다.

나는 눈에 쌍심지가 오르고 사지가 부르르 떨렸으나 사방을 한번 휘돌아보고야 그제서 점순이 집에 아무도 없음을 알았다. 잡은

• **봉당** 안방과 건넌방 사이의 마루를 놓을 자리에 마루를 놓지 않고 흙바닥 그대로 둔 곳.
• **암팡스레** 몸은 작아도 야무지고 다부지게.

참• 지게막대기를 들어 울타리의 중턱을 후려치며,

"이놈의 계집애! 남의 닭 알 못 낳으라구 그러니?"

하고 소리를 빽 질렀다.

그러나 점순이는 조금도 놀라는 기색이 없고 그대로 의젓이 앉아서 제 닭 가지고 하듯이 또 '죽어라, 죽어라' 하고 패는 것이다. 이걸 보면 내가 산에서 내려올 때를 겨냥해 가지고 미리부터 닭을 잡아가지고 있다가 네 보란 듯이 내 앞에 쥐지르고• 있음이 확실하다.

그러나 나는 그렇다고 남의 집에 뛰어 들어가 계집애하고 싸울 수도 없는 노릇이고 형편이 썩 불리함을 알았다. 그래 닭이 맞을 적마다 지게막대기로 울타리나 후려칠 수밖에 별도리가 없다. 왜냐하면 울타리를 치면 칠수록 울섶•이 물러앉으며 뼈대만 남기 때문이다. 허나 아무리 생각하여도 나만 밑지는 노릇이다.

"아, 이년아! 남의 닭 아주 죽일 터이야?"

내가 도끼눈을 뜨고 다시 꽥 호령을 하니까 그제서야 울타리께로 쪼루루 오더니 울 밖에 섰는 나의 머리를 겨누고 닭을 내팽개친다.

"예이 더럽다! 더럽다!"

- **잡은참** 자분참. 곧바로.
- **쥐지르다** 쥐어지르다. 주먹으로 힘껏 내지르다.
- **울섶** 울타리로 엮어놓은 나무들.

"더러운 걸 널더러 입때 끼고 있으랬니? 망할 계집애년 같으니."

하고 나도 더럽단 듯이 울타리께를 횡허케 돌아내리며 약이 오를 대로 다 올랐다. 그때 암탉이 나의 이마빼기에다 물찌똥을 찍 갈겼는데, 그걸 본다면 알집만 터진 것이 아니라 골병은 단단히 든 듯싶다.

점순이는 나의 등 뒤를 향하여 나에게만 들릴 듯 말 듯한 음성으로,

"이 바보 녀석아!"

"애! 너 배냇병신이지?"

그만도 좋으련만,

"애! 너 느 아버지가 고자라지?"

'뭐 울 아버지가 그래 고자야?' 할 양으로 열병거지•가 나서 고개를 홱 돌리어 바라봤더니, 그때까지 울타리 위로 나와 있어야 할 점순이의 대가리가 어디 갔는지 보이지를 않는다. 그러다 돌아서서 오자면 아까에 한 욕을 울 밖으로 또 퍼붓는 것이다. 욕을 이토록 먹어가면서도 대거리 한마디 못 하는 걸 생각하니 돌부리에 차이어 발톱 밑이 터지는 것도 모를 만치 분하고 급기야는 두 눈에 눈물까지 불끈 내솟는다.

• **열병거지** 매우 급하게 치밀어 오르는 화.

그러나 점순이의 침해는 이것뿐이 아니다.

사람들이 없으면 틈틈이 즈집 수탉을 몰고 와서 우리 수탉과 쌈을 붙여놓는다. 즈집 수탉은 썩 험상궂게 생기고 쌈이라면 홰를 치는• 고로 으레 이길 것을 알기 때문이다. 그래서 툭하면 우리 수탉이 면두며 눈깔이 피로 흐드르하게• 되도록 해놓는다. 어떤 때에는 우리 수탉이 나오지를 않으니까 요놈의 계집애가 모이를 쥐고 와서 꾀어내다가 쌈을 붙인다.

이렇게 되면 나도 다른 배채•를 차리지 않을 수 없다. 하루는 우리 수탉을 붙들어 가지고 넌지시 장독께로 갔다. 쌈닭에게 고추장을 먹이면 병든 황소가 살모사를 먹고 용을 쓰는 것처럼 기운이 뻗친다 한다. 장독에서 고추장 한 접시를 떠서 주둥아리께로 들이밀고 먹여보았다. 닭도 고추장에 맛을 들였는지 거스르지 않고 거진 반 접시 택•이나 곧잘 먹는다.

그리고 먹고 금세는 용을 못 쓸 터이므로 얼마쯤 기운이 돌도록 홰 속에다 가두어두었다.

밭에 두엄을 두어 짐 져 내고 나서 쉴 참에 그 닭을 안고 밖으로 나왔다. 마침 밖에는 아무도 없고 점순이만 즈 울안에서 헌 옷을

- **홰를 치다** 닭이 힘차게 울면서 날개를 퍼덕거리다.
- **흐드르하다** 물 같은 것이 많이 괴거나 묻어서 번드르르하다.
- **배채** 어떤 일을 하기 위한 꾀.
- **택** 턱. 그만한 정도나 처지.

뜯는지 혹은 솜을 터는지 웅크리고 앉아서 일을 할 뿐이다.

나는 점순네 수탉이 노는 밭으로 가서 닭을 내려놓고 가만히 맥을 보았다.• 두 닭은 여전히 얼리어 쌈을 하는데, 처음에는 아무 보람이 없다. 멋지게 쪼는 바람에 우리 닭은 또 피를 흘리고, 그러면서도 날갯죽지만 푸드득 푸드득 하고 올리뛰고 뛰고 할 뿐으로, 제법 한번 쪼아보도 못한다.

그러나 한번엔 어쩐 일인지 용을 쓰고 펄쩍 뛰더니 발톱으로 눈을 하비고• 내려오며 면두를 쪼았다. 큰 닭도 여기에는 놀랐는지 뒤로 멈씰하며• 물러난다. 이 기회를 타서 작은 우리 수탉이 또 날쌔게 덤벼들어 다시 면두를 쪼니 그제서는 감때사나운• 그 대강이에서도 피가 흐르지 않을 수 없다.

'옳다 알았다. 고추장만 먹이면은 되는구나.' 하고 나는 속으로 아주 쟁그러워• 죽겠다. 그때에는 뜻밖에 내가 닭쌈을 붙여놓는데 놀라서 울 밖으로 내다보고 섰던 점순이도 입맛이 쓴지 눈살을 찌푸렸다.

나는 두 손으로 볼기짝을 두드리며 연방,

"잘한다! 잘한다!"

- **맥을 보다** 남의 눈치나 뜻을 살펴보다.
- **하비다** 조금 긁어 파다.
- **멈씰하다** 멈칫하다.
- **감때사납다** 억세고 거칠고 사납다.
- **쟁그럽다** 쟁글거리다(웃음이 명랑하게 자꾸 피어나다). 고소하다.

하고 신이 머리끝까지 뻗치었다.

그러나 얼마 되지 않아서 나는 넋이 풀리어 기둥같이 묵묵히 서 있게 되었다. 왜냐면 큰 닭이 한번 쪼인 앙갚음으로 호들갑스레 연거푸 쪼는 서슬에 우리 수탉은 찔끔 못 하고 막 곯는다. 이걸 보고서 이번에는 점순이가 깔깔거리고 되도록 이쪽에서 많이 들으라고 웃는 것이다.

나는 보다 못하여 덤벼들어서 우리 수탉을 붙들어 가지고 도로 집으로 들어왔다. 고추장을 좀 더 먹였더라면 좋았을 걸, 너무 급하게 쌈을 붙인 것이 퍽 후회가 난다. 장독께로 돌아와서 다시 턱밑에 고추장을 들이댔다. 흥분으로 말미암아 그런지 당최 먹질 않는다.

나는 하릴없이 닭을 반듯이 눕히고 그 입에다 궐련물쭈리•를 물리었다. 그리고 고추장물을 타서 그 구멍으로 조금씩 들이부었다. 닭은 좀 괴로운지 킥 킥 하고 재채기를 하는 모양이나, 그러나 당장의 괴로움은 매일같이 피를 흘리는 데 댈 게 아니라 생각하였다.

그러나 한 두어 종지가량 고추장물을 먹이고 나서는 나는 고만 풀이 죽었다. 싱싱하던 닭이 왜 그런지 고개를 살며시 뒤틀고는 손아귀에서 빼드러지는• 것이 아닌가. 아버지가 볼까 봐서 얼른 홰에

• **궐련물쭈리** 궐련물부리(담뱃대로 담배를 피울 때 입에 물고 빠는 자리에 끼우는 물건).
• **빼드러지다** 굳어서 뻣뻣하게 되다.

다 감추어 두었더니 오늘 아침에서야 겨우 정신이 든 모양 같다.

그랬던 걸 이렇게 오다 보니까 또 쌈을 붙여놨으니, 이 망할 계집애가. 필연 우리 집에 아무도 없는 틈을 타서 제가 들어와 홰에서 꺼내가지고 나간 것이 분명하다.

나는 다시 닭을 잡아다 가두고, 염려는 스러우나 그렇다고 산으로 나무를 하러 가지 않을 수도 없는 형편이었다.

소나무 삭정이를 따며 가만히 생각해 보니 암만해도 고년의 목쟁이•를 돌려놓고 싶다. '이번에 내려가면 망할 년 등줄기를 한번 되게 후려치겠다.' 하고 싱둥겅둥• 나무를 지고는 부리나케 내려왔다.

거지반 집에 다 내려와서 나는 호들기• 소리를 듣고 발이 딱 멈추었다. 산기슭에 널려 있는 굵은 바윗돌 틈에 노란 동백꽃이 소보록하니 깔리었다. 그 틈에 끼어 앉아서 점순이가 청승맞게시리 호들기를 불고 있는 것이다. 그보다 더 놀란 것은 그 앞에서 또 푸드득 푸드득 하고 들리는 닭의 횃소리•다. 필연코 요년이 나의 약을 올리느라고 또 닭을 집어내다가 내가 내려올 길목에다 쌈을 시

- **목쟁이** 목정강이(목덜미를 이루고 있는 뼈).
- **싱둥겅둥** 건성건성. 대충대충.
- **호들기** 호드기. 버들피리.
- **횃소리** 홰치는 소리. 닭이 날개를 벌리고 푸드덕거리며 탁탁 치는 소리.

켜놓고 저는 그 앞에 앉아서 천연스레 호들기를 불고 있음이 틀림 없으리라.

나는 약이 오를 대로 다 올라서 두 눈에서 불과 함께 눈물이 펑 쏟아졌다. 나뭇지게도 벗어놀 새 없이 그대로 내동댕이치고는 지게막대기를 뻗치고 허둥허둥 달려들었다.

가차이• 와보니 과연 나의 짐작대로 우리 수탉이 피를 흘리고 거의 빈사지경•에 이르렀다. 닭도 닭이려니와 그러함에도 불구하고 눈 하나 깜짝 없이 고대로 앉아서 호들기만 부는 그 꼴에 더욱 치가 떨린다. 동리에서도 소문이 났거니와, 나도 한때는 걱실걱실히• 일 잘하고 얼굴 예쁜 계집애인 줄 알았더니 시방 보니까 그 눈깔이 꼭 여우 새끼 같다.

나는 대뜸 달려들어서 나도 모르는 사이에 큰 수탉을 단매•로 때려 엎었다. 닭은 푹 엎어진 채 다리 하나 꼼짝 못 하고 그대로 죽어버렸다. 그리고 나는 멍하니 섰다가 점순이가 매섭게 눈을 홉뜨고 닥치는• 바람에 뒤로 벌렁 나자빠졌다.

"이놈아! 너 왜 남의 닭을 때려죽이니?"

"그럼 어때?"

- **가차이** 가까이.
- **빈사지경** 거의 죽게 된 처지나 형편.
- **걱실걱실히** 성질이 너그러워 말과 행동을 시원스럽게 하는 모양.
- **단매** 단 한 번 때리는 매.
- **닥치다** 다그치다. 몰아붙이다.

하고 일어나다가,

"뭐 이 자식아! 누 집 닭인데?"

하고 복장•을 떼미는 바람에 다시 벌렁 자빠졌다. 그러고 나서 가만히 생각을 하니 분하기도 하고 무안도 스럽고, 또 한편 일을 저질렀으니 인젠 땅이 떨어지고 집도 내쫓기고 해야 될는지 모른다.

나는 비슬비슬 일어나며 소맷자락으로 눈을 가리고는 얼김•에 엉 하고 울음을 놓았다. 그러나 점순이가 앞으로 다가와서,

"그럼 너 이담부텀 안 그럴 터냐?"

하고 물을 때에야 비로소 살길을 찾은 듯싶었다. 나는 눈물을 우선 씻고 뭘 안 그러는지 명색•도 모르건만,

"그래!"

하고 무턱대고 대답하였다.

"요담부터 또 그래 봐라, 내 자꾸 못살게 굴 테니."

"그래 그래. 인젠 안 그럴 테야!"

"닭 죽은 건 염려 마라. 내 안 이를 테니."

그리고 뭣에 떠다밀렸는지 나의 어깨를 짚은 채 그대로 픽 쓰러진다. 그 바람에 나의 몸뚱이도 겹쳐서 쓰러지며 한창 피어 퍼드

• **복장** 가슴의 한복판.
• **얼김** 어떤 일이 벌어지는 바람에 자기도 모르게 정신이 얼떨떨한 상태.
• **명색** 구실이나 이유.

러진 노란 동백꽃 속으로 폭 파묻혀 버렸다.

알싸한 그리고 향긋한 그 내음새에 나는 땅이 꺼지는 듯이 온 정신이 고만 아찔하였다.

"너, 말 마라!"

"그래!"

조금 있더니 요 아래서,

"점순아! 점순아! 이년이 바느질을 하다 말구 어딜 갔어?"

하고 어딜 갔다 온 듯싶은 그 어머니가 역정이 대단히 났다.

점순이가 겁을 잔뜩 집어먹고 꽃 밑을 살금살금 기어서 산 아래로 내려간 다음, 나는 바위를 끼고 엉금엉금 기어서 산 위로 치빼지• 않을 수 없었다.

《조광》 1936년 5월호에 실린 것을 바탕으로 함.

• **치빼다** 냅다 달아나다.

작품 이해하기

〈동백꽃〉은 1936년 5월 《조광》에 발표된 단편소설이다. 농촌을 배경으로 마름의 딸과 소작인 아들의 풋풋한 사랑을 해학적인 동시에 서정적으로 그려내고 있다.

1930년대의 농촌은 매우 궁핍했기 때문에, 소설이 발표되었을 당시에는 현실을 외면했다는 비판을 받기도 했다. 하지만 어떤 상황에서도 남녀 간의 사랑은 피어날 수 있고, 또 그 사랑은 아름다울 수 있으므로 현실을 아주 외면한 이야기는 아니라 할 것이다. 단지 김유정은 궁핍에서 오는 절망을 드러내기보다 그 속에서 피어날 수 있는 사랑을 해학적으로 표현한 것뿐이다.

이 작품은 짧고 간결한 문장, 속도감 있는 사건 전개, 토속적인 어휘, 해학적이고 반어적인 표현으로 작가 특유의 개성을 보여주고 있다. 그리고 순진하고 어수룩한 1인칭 주인공을 서술자로 내세워 점순이의 마음을 헤아리지 못하는 모습을 보여줌으로써 독자들에게 읽는 재미를 느끼게 한다.

〈동백꽃〉도 〈봄·봄〉과 마찬가지로 역순행적 구성으로 되어 있다. 이야기는 '현재 – 과거 – 현재'의 시간적 흐름을 보이는데, 소설 구성 단계와 연결지어보면 다음과 같다.

① 발단(현재) - 오늘도 또 우리 수탉이 막 쫓기었다. 내가 점심을 먹고 나무를 하러 갈 양으로 나올 때이었다. 산으로 올라서려니까 등 뒤에서 푸드득 푸드득 하고 닭의 횃소리가 야단이다.

② 전개 (나흘 전) - 나흘 전 감자 건만 하더라도 나는 저에게 조금도 잘못한 것은 없다.

③ 위기 (사흘 전) - 눈물을 흘리고 간 그담 날 저녁나절이었다. 나무를 한 짐 잔뜩 지고 산을 내려오려니까 어디서 닭이 죽는소리를 친다.

④ 절정(오늘 아침) - 아버지가 볼까 봐서 얼른 홰에다 감추어두었더니 오늘 아침에서야 겨우 정신이 든 모양 같다.

⑤ 결말 (오늘 아침) - 알싸한, 그리고 향긋한 그 냄새에 나는 땅이 꺼지는 듯이 온 정신이 고만 아찔하였다.

이렇게 이야기를 역순행적으로 구성한 까닭은 독자들에게 궁금증을 일으킴으로써 사건에 대한 집중도를 높이고, 갈등(닭싸움)의 내막을 알아가는 흥미를 주기 위해서이다.

작품 깊이읽기

느 집엔 이거 없지? 봄 감자가 맛있단다

점순이는 감자와 함께 이 한마디를 건네며 '나'에게 나름대로 호감을 표현하려 한다. '나'에게 괜시리 이런저런 말을 걸며 '느이 집엔 이거 없지?' 하고 굳이 하지 않아도 되는 말을 한 까닭은 점순이로서도 감자를 그냥 주기가 쑥스러워서 그런 것이었다. 하지만 가난한 소작농의 아들인 '나'는 그 말에 자존심이 상해 고개도 돌리지 않고 그 감자를 밀어버린다. 그러고는 점순이의 빨개진 얼굴과 눈물을 보며 도통 영문을 모르겠다는 듯 놀라기만 한다.

마름인 점순네와 점순네에게 신세를 지고 있는 소작인인 '나'의 가족. '우리'의 계층 차이는 분명하고, 그로 인해 '나'는 심리적 열등감과 부담감을 느낀다. 점순이의 적극적인 행동이 '나'에 대한 호감의 표현이라는 것은 어렵지 않게 짐작할 수 있을 터, 오직 '나'만이 이런 사정을 눈치 채지 못하고 있다. 감자는 이렇듯 둔감한 '나'의 모습을 드러내 보이는 장치라 할 수 있겠다.

점순이는 왜 닭싸움을?

닭싸움은 '나'에 대한 점순이의 애정을 반어적으로 보여주는 소재이다. 점순이가 '나'의 닭들을 괴롭히고 '나'를 놀리는 것은 모두 자신의 마음을 몰라주고 호의를 거절한 것에 대한 복수이다. 그러나 순수하고 둔감한 '나'는 그 이유를 알지 못하기 때문에 답답하고 화가 난다.

시간 순서로 보면 감자를 거절하는 것이 먼저이고 닭싸움을 시키는 것이 나중이다. 하지만 첫 장면에서 닭싸움이라는 '나'와 점순이의 갈등 상황을 먼저 보여줌으로써 독자의 궁금증을 불러일으키고 있다.

결국 '나'는 점순이네 수탉을 죽이게 되고, 그로 인해 땅도 못 부쳐 먹고 집도 내쫓길지 모른다고 걱정하다 울어버린다. 점순이는 그런 '나'를 안심시키며 자연스럽게 화해하고 갈등은 해소된다. 더불어 점순이의 괴롭힘이 진심이 아니었음도 드러난다.

노란 동백꽃이라고?

노란 동백꽃은 화해와 사랑의 분위기를 형성한다. '나'는 알싸하며 향긋한 동백꽃 향기에 땅이 꺼지는 듯한 아찔함을 느낀다. 다툰 두 사람이 노란 동백꽃 속으로 파묻히는 장면에서 두 사람의 갈등이 해소된다. 점순이의 적극적인 애정 표현을 순박하고 우둔한 '나'는 여전히 알아차리지 못하지만, 점순이의 애정을 미묘하게나마 느끼게 되었을 것이다.

동백나무라 하면 흔히들 겨울철에 붉은 꽃을 피우는 교목을 떠올릴 테지만, 이 소설에 등장하는 동백나무는 사실은 동백나무가 아니고 생강나무이다. 강원도 지방에서는 생강나무를 '동박나무', '동백나무'라고 부른다. 생강

나무라고 불리는 이유는 꽃, 잎, 가지에서 알싸한 생강 냄새가 나기 때문이다. 이 생강나무는 이른 봄에 노란 꽃을 피운다.

내 마음도 몰라주는 바보

'나'는 소작인의 아들로 순박한 농촌 청년이다. 감자를 주며 '나'에게 호감을 표현하는 점순이를 이해하지 못해 갈등을 일으킨다. 점순이가 애정을 반어적으로 표현한다는 것을 전혀 눈치채지 못할 만큼 숙맥이다. 자신과 자신의 닭을 괴롭히는 점순이에게 화가 나지만, 마름인 점순네에 잘못하면 땅을 빼앗길 수도 있어서 소극적인 태도를 취한다.

점순이는 마름의 딸로 적극적이고 대담하며 조숙하다. 점순과 '나'는 기존의 고정관념에서 벗어난 남녀의 모습을 보여주어 독자로 하여금 흥미를 느끼게 한다. '나'에게 관심이 있어서 자신의 감정을 적극적으로 표현했지만, 이를 알아주지 않자 씨암탉의 볼기짝을 때리거나 닭싸움을 붙이는 등 집요하게 '나'를 괴롭힌다. 그러다 자신의 수탉을 죽이고 우는 '나'를 위로하며 애정을 드러낸다. '나'의 순박한 모습과 대비된다.

봄·봄

동백꽃

만무방

금 따는 콩밭

만무방

산골에, 가을은 무르녹았다.•

아름드리 노송은 빽빽이• 늘어박혔다.• 무거운 송낙•을 머리에 쓰고 건들건들. 새새이• 끼인 도토리, 벚,• 돌배. 갈잎들은 울긋불긋. 잔디를 적시며 맑은 샘이 쫄쫄거린다. 산토끼 두 놈은 한가로이 마주 앉아 그 물을 할짝거리고, 이따금 정신이 나는 듯 가랑잎은 부수수— 하고 떨린다. 산산한 산들바람. 귀여운 들국화는 그 품에 새뜩새뜩• 넘논다.• 흙내와 함께 향긋한 땅김이 코를 찌른다. 요놈은 싸리버섯, 요놈은 잎 썩은 내, 또 요놈은 송이…… 아니, 아니, 가시넝쿨 속에 숨은 박하풀 냄새로군.

응칠이는 뒷짐을 딱 지고 어정어정 노닌다. 유유히 다리를 옮겨

- **무르녹다** 무르익다. 한창이다.
- **빽빽이** 빽빽하게. 사이가 비좁을 정도로 촘촘하게.
- **늘어박히다** 넓게 벌려놓은 듯이 여러 곳에 박히어 있다.
- **송낙** 예전에 여승이 주로 머리에 쓰던 것으로, 송라(안개가 잘 끼는 고원지대의 나무줄기와 가지에 붙어 실처럼 주렁주렁 달리는 식물)를 우산 모양으로 엮어 만든 모자.
- **새새이** 사이사이에.
- **벚** 버찌(벚나무의 열매).
- **새뜩새뜩** 새뜻새뜻. 깨끗하고 시원스러운 모양.
- **넘놀다** 바람에 가볍게 흔들리다.

놓으며 이 나무 저 나무 사이로 호아든다.* 코는 공중에서 벌렸다 오므렸다 연신 이러며 훅 훅. 구붓한 한 소나무 밑에 이르자 그는 발을 멈춘다. 이번에는 지면에 코를 얕이 갖다 대고 한 바퀴 비잉 나무를 끼고 돌았다.

'아하, 요놈이로군!'

썩은 솔잎에 덮이어 흙이 봉긋이 돋아 올랐다.

그는 손가락을 꾸짖으며 정성스레 살살 헤쳐본다. 과연 귀여운 송이. 망할 녀석, 조금만 더 나오지. 그걸 뚝 따 들곤 뒷짐을 지고 다시 어슬렁어슬렁. 가끔 선하품*은 터진다. 그럴 적마다 두 팔을 떡 벌리곤 먼 하늘을 바라보고 늘어지게도 기지개를 늘린다.

때는 한창 바쁠 추수 때이다. 농군치고 송이 파적* 나올 놈은 생겨나도 않았으리라. 허나 그는 꼭 해야만 할 일이 없었다. 싶으면 하고 말면 말고 그저 그뿐. 그러함에는 먹을 것이 더러 있느냐면 있기는커녕 부쳐 먹을 농토조차 없는, 계집도 없고 집도 없고 자식 없고……. 방은 있대야 남의 곁방이요 잠은 새우잠이요……. 하지만 오늘 아침만 해도 한 친구가 찾아와서 벼를 털 텐데 일 좀 와 해달라는 걸 마다하였다. 몇 푼 바람에 그까짓 걸 누가 하느냐 보다는 송이가 좋았다. 왜냐면 이 땅 삼천리강산에 늘여 놓인 곡

- **호아들다** 똑바로 다니지 않고 이쪽저쪽으로 왔다 갔다 하면서 드나들다.
- **선하품** 몸에 이상이 있거나 흥미 없는 일을 할 때에 나오는 하품.
- **파적** 심심함을 잊고 시간을 보내기 위해 하는 일.

식이 말짱 뉘 것이람. 먼저 먹는 놈이 임자 아니야. 먹다 걸릴 만치 그토록 양식을 쌓아두고 일이 다 무슨 난장맞을* 일이람. 걸리지 않도록 먹을 궁리나 할 게지. 하기는 그도 한 세 번이나 걸려서 구메밥*으로 사관을 틀었다마는,* 결국 제 밥상 위에 올라앉은 제 몫도 자칫하면 먹다 걸리긴 매일반.

올라갈수록 덤불은 우거졌다. 머루며 다래, 칡, 게다 이름 모를 잡초. 이것들이 위아래로 이리저리 서리어* 좀체 길을 내지 않는다. 그는 잔디 길로만 돌았다. 넓적다리가 벌쭉이는 찢어진 고의자락*을 아끼며 조심조심 사려* 딛는다. 손에는 칡으로 엮어 들은 일곱 개 송이. 늙은 소나무마다 가선 두리번거린다. 사냥개 모양으로 코로 쿡 쿡 내를 한다.* 이것도 송이 같고 저것도 송이 같고. 어떤 게 알짜 송이인지 분간을 모른다. 토끼 똥이 소보록한 데 갈잎이 한 잎 뚝 떨어졌다. 그 잎을 살며시 들어보니 송이 대가리가 불쑥 올라왔다. 매우 큰 송이인 듯. 그는 반색하여 그 앞에 무릎을

- **난장맞을** 난장(여러 사람이 한꺼번에 덤비어 때리는 매)을 맞을 만하다는 것으로, '아주 몹쓸'이라는 뜻.
- **구메밥** 예전에, 옥에 갇힌 죄수에게 벽 구멍으로 몰래 들여보내던 밥.
- **사관을 틀다** 감옥살이하다. '사관'은 '일정한 비용을 내고 숙식하는 집', '틀다'는 '짚 따위로 보금자리나 둥지를 만들다.'라는 뜻이 있어, 감옥살이를 비유한 것이 아닐까 싶다.
- **서리다** 뒤섞이어 한 무리를 이루다.
- **고의자락** 바짓자락. '고의'는 남성용 여름 홑바지.
- **사리다** 조심하고 경계하다.
- **내를 하다** 냄새를 맡다.

털썩 꿇었다. 그리고 그 위에 두 손을 내들며 열 손가락을 다 펴 들었다. 가만가만히 살살 흙을 헤쳐본다. 주먹만 한 송이가 나타난다. '애 이놈 크구나.' 손바닥 위에 따 올려놓고는 한참 들여다보며 싱글벙글한다.

우중충한 구석으로 바위는 벽같이 깎아질렀다. 그 중턱을 얽어나간 칡잎에서는 물이 쪼록쪼록 흘러내린다. 인삼이 썩어 내리는 약수라 한다. 그는 돌 위에 걸터앉으며 또 한 번 하품을 하였다. 간밤 쓸데없는 노름에 밤을 팬• 것이 몹시 나른하였다. 따사로운 햇발이 숲을 새어든다. 다람쥐가 솔방울을 떨어치며, 어여쁜 할미새는 앞에서 알씬거리고, 동리에서는 타작을 하느라고 와글거린다. 흥겨워 외치는 목성, 그걸 억누르고 공중에 응 응 진동하는 벼 터는 기계 소리. 맞은쪽 산속에서 어린 목동들의 노래는 처량히 울려 온다. 산속에 묻힌 마을의 전경을 멀리 바라보다가 그는 눈을 찌긋하며 다시 한번 하품을 뽑는다. 이 웬놈의 하품일까. 생각해 보니 어제저녁부터 여지껏 창자가 곱립든• 것이다. 불현듯 송이 꾸럼에서 그중 크고 먹음직한 놈을 하나 뽑아 들었다.

응칠이는 그 송이를 물에 써억써억 비벼서는 떡 벌어진 대구리부터 걸쌍스레 덥석 물어 떼었다. 그리고 넓죽한 입이 움질움질

• **패다** 한숨도 자지 않고 밤을 지내다.
• **곱립들다** 배 속이 비어 배가 고프다.

씹는다. 혀가 녹을 듯이 만질만질하고 향기로운 그 맛. 이렇게 훌륭한 놈을 입맛만 다시고 못 먹다니. 문득 옛 추억이 혀끝에 뱅뱅 돈다. 이놈을 맛보는 것도 참 근자•의 일이다. 감불생심•이지 어디 냄새나 똑똑히 맡아보리. 산속으로 쏘다니다 백판• 못 따기도 하려니와 더러 딴다는 놈은 행여 상할까 봐 손도 못 대게 하고 집에 내려다 모고 모고• 하는 것이다. 그러나 요행히 한 꾸럼이 차면 금시로 장에 가져다 판다. 이틀 사흘씩 공때린• 거로되 잘하면 40전, 못 받으면 25전. 저녁거리를 기다리는 아내를 생각하며 좁쌀 서너 되를 손에 사 들고 어두운 고개치를 터덜터덜 올라오는 건 좋으나, '이 신세를 뭣에 쓰나.' 하고 보면 을프냥궂기•가 짝이 없겠고……. 이까짓 걸 못 먹어 그래 홧김에 또 한 놈을 뽑아 들고 이번엔 물에 흙도 씻을 새 없이 그대로 텁석거린다. 그러나 다른 놈들도 별수 없으렷다. 이 산골이 송이의 본고향이로되 아마 일 년에 한 개조차 먹는 놈이 드물리라.

'흥, 썩어진 두상들!'

그는 폭넓은 얼굴을 일그리며 남이나 들으란 듯이 이렇게 비웃

- **근자** 근래. 요 얼마 되는 동안.
- **감불생심** 감히 마음먹지 못함.
- **백판** 언제까지나 줄곧, 늘.
- **모고 모고** 모으고 모으고.
- **공때리다** 무슨 일을 하려다가 목적을 이루지 못하고 허탕 치다.
- **을프냥궂다** 서글픈 듯하게 마음이 좋지 않다.

는다. 썩었다 함은 데생겼다• 모멸하는 그의 언투•였다. 먹다 나머지 송이 꽁댕이를 바로 자랑스러이 입에다 치트리곤 트림을 섞어가며 우물거린다.

송이 두 개가 들어가니 인제는 더 먹을 재미가 없다. 뭔가 좀 든든한 걸 먹었으면 좋겠는데. 떡, 국수, 말고기, 개고기, 돼지고기, 그렇지 않으면 쇠고기나. 아따 궁한 판이니 아무거나 있으면……. 속종•으로 여러 가질 먹으며 시름없이 앉았다. 웬 놈의 닭인지 암탉 한 마리가 조 아래 무덤 앞에서 뺑뺑 맨다.• 골골거리며 감도는 걸 보매 아마 알자리를 보는 맥•이라. 그는 돌에서 궁뎅이를 들었다. 낯은 하늘로 외면하여 못 본 척하고 닭을 향하여 저켠으로 널찍이 돌아내린다. 그러나 무덤까지 왔을 때 몸을 돌리며,

"후, 후, 후— 이 자식이 어딜 가. 후—"

두 팔을 벌리고 쫓아간다. 산꼭대기로 치모니 닭은 허둥지둥 갈 길을 모른다. 요리 매낀 조리 매낀,• 꼬꼬댁거리며 속만 태울 뿐. 그러나 바위틈에 끼어 왁살스러운• 그 주먹에 모가지가 둘로 나기

• **데생기다** 못생기다. '데-'는 '불완전하게, 불충분하게'라는 뜻의 접두사.
• **언투** 말투.
• **속종** 마음속에 품은 생각. 상상.
• **매다** 자리를 만들다.
• **맥** 기운. 어떤 일이 벌어지려고 하는 분위기.
• **요리 매낀 조리 매낀** 요리조리 피하는 모양을 나타내는 말.
• **왁살스럽다** 우악살스럽다. 보기에 매우 험상궂고 드세다.

에는 불과 몇 분 못 걸렸다.

그는 으슥한 숲속으로 찾아들었다. 닭의 껍질을 홀랑 까고서 두 다리를 들고 찢으니 배창•이 옆구리로 꿰진다.• 그놈을 긁어 뽑아서 껍질과 한데 뭉치어 흙에 묻어버린다.

고기가 생기고 보니 연하여 나느니 막걸리 생각. 이걸 부글부글 끓여놓고 한 사발 떡 켰으면• 똑 좋을 텐데, 제—기. 응칠이의 고기는 어디 떨어졌는지 술집까지 못 가는 고기였다. 아무려나 고기 먹고 술 먹고 거꾸론 못 먹느냐. 그는 닭의 가슴패기를 입에 들여대고 쭉 찢어가며 먹기 시작한다. 쫄깃쫄깃한 놈이 제법 맛이 들었다. 가슴을 먹고 넓적다리, 볼기짝을 먹고 거반 반쯤을 다 해내고 나니 어쩐지 맛이 좀 적었다. 결국 음식이란 양념을 해야 하는군.

수풀 속으로 그냥 내던지고 그는 설렁설렁 내려온다. 솔숲을 빠져 화전께로 내리려 할 때 별안간 등 뒤에서,

"여보게, 거 응칠이 아닌가?"

고개를 돌려 보니 대장간 하는 성팔이가 작달막한 체수•에 들갑작거리며• 고개를 넘어온다. 그런데 무슨 긴한 일이나 있는지 부리나케 달려들더니,

- **배창** 배창자. 큰창자(대장)와 작은창자(소장).
- **꿰지다** 터져 나오다.
- **켜다** 물이나 술 따위를 단숨에 들이마시다.
- **체수** 체구. 몸의 크기.
- **들갑작거리다** 몸을 몹시 흔들며 까불거리다.

"자네, 응고개 논의 벼 없어진 거 아나?"

응칠이는 고만 가슴이 덜컥 내려앉았다. 이 바쁜 때 농군의 몸으로 응고개까지 애써 갈 놈도 없으려니와, 또한 하필 절 보고 벼의 없어짐을 말하는 것이 여간 심상치 않은 일이었다.

잡담 제하고 응칠이는,

"자넨 어째서 응고개까지 갔던가?"

하고 대담스레도 그 눈을 쏘아보았다. 그러나 성팔이는 조금도 겁먹는 기색 없이,

"아 어쩌다 지났지 뭘 그래."

하며 도리어 얼레발•을 치고 덤비는 수작이다. '고얀 놈!' 응칠이는 입때 다녀야 동무를 팔아 배를 채우는 그런 비열한 짓은 안 한다. 낯을 붉히자 눈에 불이 보이며,

"어쩌다 지냈다?"

응칠이가 이 동리에 들어온 것은 어느덧 달이 넘었다. 인제는 물릴 때도 되었고, 좀 떠보고자 생각은 간절하나 아우의 일로 말미암아 망설거리는 중이었다.

그는 오라는 데는 없어도 갈 데는 많았다. 산으로 들로 해변으로 발부리 놓이는 곳이 즉 가는 곳이었다.

그러나 저물면은 그대로 쓰러진다. 남의 방앗간이고 헛간이고

• **얼레발** 제 말이나 행동을 믿게 하려고 서둘러 어물거려 넘기는 짓.

혹은 강가, 시새장.• 물론 수가 좋으면 괴때기• 위에서 밤을 편히 잘 적도 있었다. 이렇게 하여 강원도 어수룩한 산골로 이리 넘고 저리 넘고 못 간 데 별로 없이 유람 겸 편답하였다.•

그는 한 구석에 머물러 있음은 가슴이 답답할 만치 되우• 괴로웠다.

그렇다고 응칠이가 본시 역마직성•이냐 하면 그런 것도 아니다. 그도 5년 전에는 사랑하는 아내가 있었고 아들이 있었고 집도 있었고…… 그때야 어딜 하루라도 집을 떨어져 보았으랴. 밤마다 아내와 마주 앉으면, 어찌하면 이 살림이 좀 늘어볼까 불어볼까 애간장을 태우며 같은 궁리를 되하고 되하였다마는, 별 뾰족한 수는 없었다. 농사는 열심으로 하는 것 같은데 알고 보면 남는 건 겨우 남의 빚뿐. 이러다가는 결말엔 봉변을 면치 못할 것이다. 하루는 밤이 깊어서 코를 골며 자는 아내를 깨웠다. 밖에 나가 우리의 세간이 몇 개나 되는지 세어보라 하였다. 그리고 저는 벼루에 먹을 갈아 붓에 찍어 들었다. 벽을 바른 신문지는 누렇게 그을었다. 그 위에다 아내가 불러주는 물목•대로 일일이 내려 적었다. 독이

- **시새장** 모래밭. '시새'는 '가늘고 고운 모래'를 뜻함.
- **괴때기** 벼 타작을 하고 난 뒤 볏짚을 모아둔 것.
- **편답하다** 이곳저곳을 널리 돌아다니다.
- **되우** 아주 몹시.
- **역마직성** 이리저리 떠돌아다니며 살 팔자.
- **물목** 물건의 목록.

세 개, 호미가 둘, 낫이 하나로부터 밥사발, 젓가락, 짚이 석 단까지. 그담에는 제가 빚을 얻어 온 데, 그 사람들의 이름을 쭉 적어 놓았다. 금액은 제각기 그 아래다 달아놓고, 그 옆으론 조금 사이를 떼어 역시 조선문으로 "나의 소유는 이것밖에 없노라. 나는 54원을 갚을 길이 없으매 죄진 몸이라 도망하니, 그대들은 아예 싸울 게 아니겠고 서로 의논하여 억울치 않도록 분배하여 가기 바라노라." 하는 의미의 성명서를 벽에 남기자, 안으로 문들을 걸어 닫고 울타리 밑구멍으로 세 식구 빠져나왔다.

이것이 응칠이가 팔자를 고치던 첫날이었다.

그들 부부는 돌아다니며 밥을 빌었다. 아내가 빌어다 남편에게, 남편이 빌어다 아내에게. 그러다 어느 날 밤 아내의 얼굴이 썩 슬픈 빛이었다. 눈보라는 살을 에었다.• 다 쓰러져 가는 물방앗간 한 구석에서 섬을 두르고 언내•에게 젖을 먹이며 떨고 있더니, "여보게유." 하고 고개를 돌린다. "왜?" 하니까 그 말이, "이러다간 우리도 고생일뿐더러 첫째, 언내를 잡겠수. 그러니 서로 갈립시다." 하는 것이다. 하긴 그럴 법한 말이다. 쥐뿔도 없는 것들이 붙어 다닌댔자 별수는 없다. 그보다는 서로 갈리어 제 맘대로 빌어먹는 것이 오히려 가뜬하리라. 그는 선뜻 응낙하였다. 아내의 말대로 개

• 살을 에다 칼로 살을 베어내는 듯한 고통을 느끼게 할 정도로 매섭다. '에다'는 '칼 따위로 도려내듯 베다.'라는 뜻.
• 언내 어린애.

가를 해가서 젖먹이나 잘 키우고 몸 성히 있으면 혹 연분이 닿아 다시 만날지도 모르니깐. 마지막으로 아내와 같이 땅바닥에서 나란히 누워 하룻밤을 떨고 나서 날이 훤해지자 그는 툭툭 털고 일어섰다.

매팔자•란 응칠이의 팔자이겠다.

그는 버젓이 게트림•으로 길을 걸어야 걸릴 것은 하나도 없다. 논맬 걱정도, 호포• 바칠 걱정도, 빚 갚을 걱정, 아내 걱정, 또는 굶을 걱정도. 호동가란히• 털고 나서니 팔자 중에는 아주 상팔자다. 먹고만 싶으면 도야지고 닭이고 개고 언제나 옆을 떠날 새 없겠지. 그리고 돈, 돈도…….

그러나 주재소•는 그를 노려보았다. 툭하면 오라 가라 하는데, 학질•이었다. 어느 동리고 가 있다가 불행히 일만 나면 누구보다도 그부터 붙들려 간다. 왜냐면 그는 전과 사범이었다. 처음에는 도박으로 다음엔 절도로, 또 그담에도 절도로, 절도로…….

그러나 이번 멀리 아우를 방문함은 생활이 궁하여 근대러• 왔다

- **매팔자** 빈들빈들 놀면서도 먹고사는 걱정이 없는 경우를 이르는 말.
- **게트림** 거만스럽게 거드름을 피우며 하는 트림.
- **호포** 봄가을에 내는 세금.
- **호동가란히** 걱정거리 따위를 모두 잊고 편안하게.
- **주재소** 일제강점기에, 순사가 머무르면서 사무를 맡아보던 경찰의 말단 기관.
- **학질** 전염병인 말라리아. 여기서는 '학(질)을 떼다'와 관련된 뜻으로, 괴롭고 어려운 상황에서 벗어나느라 진이 빠지거나 질리게 되었다는 말.
- **근대다** 몹시 성가시게 하다.

거나 혹은 일을 해보러 온 것은 결코 아니었다. 혈족이라곤 단 하나의 동생이요, 또한 오래 못 본지라 때없이 그리웠다. 그래 모처럼 찾아온 것이 뜻밖에 덜컥 일을 만났다.

지금까지 논의 벼가 서 있다면 그것은 성한 사람의 짓이라 안 할 것이다.

응오는 응고개 논의 벼를 여태 베지 않았다. 물론 응오가 베어야 할 것이나, 누가 듣든지 그 형 응칠이를 먼저 의심하리라. 그럼 여기에 따르는 모든 책임을 응칠이가 혼자 지지 않으면 안 될 것이다.

응오는 진실한 농군이었다. 나이 서른하나로 무던히 철났다 하고 동리에서 쳐주는 모범 청년이었다. 그런데 벼를 베지 않는다. 남은 다들 거둬들였고 털기까지 하련만 그는 벨 생각조차 않는 것이다.

지주라든 혹은 그에게 장리•를 놓은 김 참판이든 뻔찔• 찾아와 벼를 베라 독촉하였다.

"얼른 털어서 낼 건 내야지."

하면 그 대답은,

"계집이 죽게 됐는데 벼는 다 뭐지유."

• **장리** 돈이나 곡식을 꾸어 주고, 받을 때에는 한 해 이자로 본디 곡식의 절반 이상을 받는 것. 흔히 봄에 꾸어 주고 가을에 받는다.
• **뻔찔** 뻔찔나다. 드나드는 것이 매우 잦다.

하고 한결같이 내뱉는 소리뿐이었다.

하기는 응오의 아내가 지금 기지사경•이매 틈은 없었다 하더라도, 돈이 놀아서• 약을 못 쓰는 이 판이니 진시• 벼라도 털어야 할 것이다.

그러면 왜 안 털었던가.

그것은 작년 응오와 같이 지주 문전에서 타작을 하던 친구라면 묻지는 않으리라. 한 해 동안 애를 졸이며 홑자식• 모양으로 알뜰히 가꾸던 그 벼를 거둬들임은 기쁨에 틀림없었다. 꼭두새벽부터 엣엣 하며 괴로움을 모른다. 그러나 캄캄하도록 털고 나서 지주에게 도지•를 제하고, 장리쌀•을 제하고, 색초•를 제하고 보니 남는 것은 등줄기를 흐르는 식은땀이 있을 따름. 그것은 슬프다 하기보다 끝없이 부끄러웠다. 같이 털어주던 동무들이 뻔히 보고 섰는데 빈 지게로 덜렁거리며 집으로 돌아오는 건 진정 열쩍기• 짝이 없는 노릇이었다. 참다 참다 응오는 눈에 눈물이 흘렀던 것이다.

- **기지사경** 거의 죽을 지경에 이름.
- **놀다** 드물어서 구하기 어렵다.
- **진시** 진작. 좀 더 일찍이.
- **홑자식** 하나뿐인 자식.
- **도지** 남의 논밭을 빌려서 부치고 논밭을 빌린 대가로 해마다 내는 벼.
- **장리쌀** 장리(돈이나 곡식을 꾸어 주고, 받을 때에는 한 해 이자로 본디 곡식의 절반 이상을 받는 것. 흔히 봄에 꾸어 주고 가을에 받음)로 갚기로 하고 꾸는 쌀.
- **색초** 색조. 타작할 때에 정부나 지주가 세금이나 이자로 덧붙여 받던 곡식.
- **열쩍다** 열없다. 겸연쩍고 부끄럽다.

가뜩한데• 엎치고 덮치더라고 올해는 고나마 흉작이었다. 샛바람과 비에 벼는 깨깨• 배틀렸다.• 이놈을 가을하다간• 먹을 게 남지 않음은 물론이요 빚도 다 못 가릴• 모양. 에라, 빌어먹을 거. 너들끼리 캐다 먹든 말든 멋대로 하여라, 하고 내던져 두지 않을 수 없다. 벼를 거뒀다고 말만 나면 빚쟁이들은 우 — 몰려들 거니깐.

응칠이의 죄목은 여기에서도 또렷이 드러난다. 국으로• 가만만 있었다면 좋은 걸, 이 사품•에 뛰어들어 지주의 뺨을 제법 갈긴 것이 응칠이었다.

처음에야 그럴 작정이 아니었다. 그는 여러 곳 물을 마신 이만치 어지간히 속이 트인 건달이었다. 지주를 만나 까놓고 썩 좋은 소리로 의논하였다. 올 농사는 반실•이니 도지도 좀 감해주는 게 어떠냐고. 그러나 지주는 암말 없이 고개를 모로 흔들었다. 정 이러면 하여튼 일 년 품•은 빼야 할 테니 나는 그 논에다 불을 지르겠수, 하여도 잠자코 응치 않는다. 지주로 보면 자기로도 그 벼는

- **가뜩한데** 지금의 사정도 매우 어려운데 그 위에 더.
- **깨깨** 몹시 여위어 마른 모양.
- **배틀리다** 바싹 꼬이면서 틀어지다.
- **가을하다** 벼나 보리 따위의 농작물을 거두어들이다.
- **가리다** 치러야 할 셈을 따져서 갚아주다.
- **국으로** 제 생긴 그대로. 또는 자기 주제에 맞게.
- **사품** 어떤 일이 진행되는 겨를.
- **반실** 절반쯤 잃거나 손해를 봄.
- **품** 어떤 일에 드는 힘이나 수고.

넉넉히 거둬들일 수는 있다마는, 한번 버릇을 잘못 해놓으면 여느 작인까지 행실을 버릴까 염려하여 겉으로 독촉만 하고 있는 터이었다. 실상이야 고까짓 벼쯤 있어도 고만 없어도 고만. 그 심보를 눈치채고 응칠이는 화를 벌컥 낸 것만은 좋으나, 저도 모르게 대뜸 주먹뺨•이 들어갔던 것이다.

이렇게 문제 중에 있는 벼인데 귀신의 놀음 같은 변괴가 생겼다. 다시 말하면 벼가 없어졌다. 그것도 병들어 쓰러진 쭉정이는 제쳐놓고 무얼로 그랬는지 알장• 이삭만 따 갔다. 그 면적으로 어림하면 아마 못 돼도 한 댓 말 가량은 될는지.

응칠이가 아침 일찍이 그 논께로 노닐자 이걸 발견하고 기가 막혔다. 누굴 성가시게 굴려고 그러는지. 산속에 파묻힌 논이라 아직은 본 사람이 없는 모양 같다. 허나 동리에 이 소문이 퍼지기만 하면 저는 어느 모로든 혐의를 받아 폐는 좋이• 입어야 될 것이다.

응칠이는 송이도 송이려니와 실상은 궁리에 바빴다. 속종•으로 지목 갈 만한 놈을 여럿 들어보았으나 이렇다 찝을• 만한 증거가 없다. 어쩌면 재성이나 성팔이 이 둘 중의 짓이리라, 하고 결국 이렇게 생각 든 것도 응칠이가 아니면 안 될 것이다.

- **주먹뺨** 주먹으로 세게 뺨을 때리는 것.
- **알장** 정확한 뜻은 알 수 없으나, '알맹이가 들어 있는' 정도의 뜻으로 보임.
- **좋이** 어느 정도.
- **속종** 마음속에 품은 소견.
- **찝다** 집다. 지적하여 가리키다.

원수는 외나무다리에서 만났다.

응칠이는 저의 짐작이 들어맞음을 알고 당장에 일을 낼 듯이 성팔이의 눈을 들이노렸다.•

성팔이는 신이 나서 떠들다가 그 눈총에 어이가 질리어 고만 벙벙하였다. 그리고 얼굴이 해쓱하여 마주 대고 쳐다보더니,

"근래 자네 왜 그케 노하나? 지내다 보니깐 그렇길래…… 일테면 자네보고 얘기지 뭐……."

하고 뒷갈망•을 못 하여 우물쭈물한다.

"노하긴 누가 노해?"

응칠이는 빼팅겼던• 몸에 좀 더 힘을 올리며,

"응고개를 어째 갔더냐 말이지?"

"놀러 갔다 오는 길인데 우연히……."

"놀러 갔다? 거기가 노는 덴가?"

"글쎄, 그렇게까지 물을 게 뭔가? 난 응고개 아니라 서울은 못 갈 사람인가?"

하다가 성팔이는 속이 타는지 코로 후응 하고 날숨을 길게 뽑는다.

이렇게 나오는 데는 더 물을 필요가 없었다. 성팔이란 놈도 여간내기가 아니요, 구장네 솥인가 뭔가 떼다 먹고 한 번 다녀온 놈

• **들이노리다** 마구 노려보다. '들이-'는 '몹시', '마구', '갑자기'의 뜻을 더하는 접두사.
• **뒷갈망** 뒷감당, 뒷수습.
• **빼팅기다** 벗튕기다. 비꼬거나 비뚤어지게 행동하다.

을 꺾더니 시나브로• 찌그러진다. 뒤미처 앞정강이를 때렸다 등을 팼다. 일지• 못할 만치 매는 내리었다. 체면을 불고하고 땅에 엎드리어 엉엉 울도록 매는 내리었다.

홧김에 하긴 했으되 그 꼴을 보니 또한 마음이 편할 수 없다. 침을 퇴 뱉어 던지곤, 팔자 드센 놈이 그저 그렇지 별수 있냐. 쓰러진 아우를 일으키어 등에 업고 일어섰다. 언제나 철이 날는지 딱한 일이었다. 속 썩는 한숨을 후— 하고 내뿜는다. 그리고 어청어청• 고개를 묵묵히 내려온다.

《조선일보》(1935년 7월 17일에서 31일)에 실린 것을 바탕으로 함.

- **시나브로** 조금씩 조금씩.
- **일다** 일어나다.
- **어청어청** 키가 큰 사람이 이리저리 천천히 걷는 모양.

작품 이해하기

〈만무방〉은 1935년 7월 17일부터 31일까지 조선일보에 연재된 단편소설이다. 1930년대의 강원도 산골 마을을 배경으로 하고 있으며, 응오가 자신이 애써 가꾼 벼를 자기가 도적질해야 하는 눈물겨운 상황을 통해서 일제강점기 농촌사회의 가혹한 상황과 구조적인 모순을 보여준다. 그러나 작가는 응칠과 응오, 그리고 그 밖의 등장인물들의 대화 속에서 따뜻한 마음과 웃음을 잃지 않고 살아가려는 민중의 모습을 그려내려고 했다.

만무방은 원래 염치없이 막돼먹은 사람을 뜻한다. 그렇다면 이 작품에 등장하는 응칠과 응오, 성실히 노동에 임하기 보다는 도박판에 뛰어드는 농촌 청년들을 두고 '만무방'이라 할 수 있겠다. 하지만 이렇듯 농촌 청년들이 도박판에 빠지고 절망하는 이유는 열심히 일해서 추수를 해도 정작 본인에게는 아무것도 남는 것이 없기 때문이다. 열심히 살아도 제대로 된 보상을 받지 못하는 삶. 이러나 저러나 가진 걸 잃고 말 테니, 자포자기하는 심정으로 청년들은 남을 속이고, 도박을 해가며 '염치없는' 인간이 된 게 아닐까.

세금 수탈에서 벗어나고자 농촌을 떠나려 해도 농사로 먹고사는 이들은 세금으로 모든 걸 빼앗기고, 그런 까닭에 노름으로 그 밑천을 마련해 보려

성팔이는 한 굽 접히어• 말문이 메었는지 얼뚤하여• 입맛만 다신다.

"아예 말은 내지 말게. 응, 알지?"

하고 다시 다질• 때에야 겨우 주저주저 입을 열어,

"내야 무슨 말을 내겠나."

하고 조금 사이를 떼어 또,

"내야 무슨 말을…… 그건 염려 말게."

하더니 비실비실 몸을 돌리어 저 갈 길을 내걷는다. 그러나 저 앞 고개까지 가는 동안에 두 번이나 돌아다보며 이쪽을 살피고 살피고 한 것만은 사실이었다.

응칠이는 그 꼴을 이윽히 바라보고 입안으로 '죽일 놈!' 하였다. 아무리 도적이라도 같은 동료에게 제 죄를 넘겨씌우려 함은 도저히 의리가 아니다.

그건 그렇다 치고 응오가 더 딱하지 않은가. 기껏 힘들여 지어놓았다 남 좋은 일 한 것을 안다면 눈이 뒤집힐 일이겠다.

이래서야 어디 이웃을 믿어보겠는가.

확적히• 증거만 있어 이놈을 잡으면 대번에 요절을 내리라 결심

• **한 굽 접히어** 기세가 꺾이어.
• **얼뚤하다** 얼떨떨하다.
• **다지다** 뒷말이 없도록 단단히 강조하거나 확인하다.
• **확적하다** 정확하게 맞아 조금도 틀리지 아니하다.

하고 응칠이는 침을 탁 뱉어 던지고 산을 내려온다.

그런데 그놈의 행티•로 가늠해 보면 응칠이 저만치는 때•가 못 벗은 도적이다. 어느 미친놈이 논두렁에까지 가새•를 들고 오는가. 격식도 모르는 푸뚱이•가. 그러려면 바로 조 낟가리•나 수수 낟가리 말이지, 그 속에 들어앉아 가새로 속닥거려야 들킬 리도 없고 일도 편하고 두 포대고 세 포대고 마음껏 딸 수도 있다. 그러다 틈 보고 집으로 나르면 고만이지만, 누가 논의 벼를 다……. 그렇게도 벼에 걸신이 들었다면 바로 남의 집 머슴으로 들어가 한 달포 동안 주인 앞에 얼렁거리는• 것이어니와, 신용을 얻어놨다가 주는 옷이나 얻어 입고 다들 잠들거든 볏섬이나 두둑이 짊어 메고 덜렁거리면 그뿐이다. 이건 맥도 모르는 게 남도 못살게 굴려고. 에—이 망할 자식두……. 그는 분노에 살이 다 부들부들 떨리는 듯싶었다. 그러나 이런 좀도적이란 뽕이 나기• 전에는 바짝 물고 덤비는 법이었다. 오늘 밤에는 요놈을 지켰다 꼭 붙들어 가지고 정강이를 분질러 노리라. 밥을 먹고는 태연히 막걸리 한 사발

- **행티** 심술을 부리거나 남을 해롭게 하는 버릇.
- **때** 누명.
- **가새** 가위.
- **푸뚱이** 풋둥이. 풋내기, 애송이.
- **낟가리** 낟알이 붙은 곡식을 그대로 쌓은 더미.
- **얼렁거리다** 남의 비위를 맞추거나 환심을 사려고 더럽게 자꾸 아첨을 떨다.
- **뽕나다** 비밀이 드러나다.

궁핍한 농촌 현실을 대변하는 응칠과 응오

응칠은 전과 4범의 건달이며, 절도에도 능한 노름꾼이다. 또한 사회 윤리를 어기며 살아가는 인물이다. 물론 그도 처음부터 그런 것은 아니었다. 그에게도 사랑하는 아내와 아들이 있었고, 집도 있었다. 농사꾼으로 열심히 농사를 지었으나 매년 늘어나는 것은 빚뿐이었다. 응칠은 이렇게 모순되고 가혹한 현실에서 벗어나기 위해 도박에 빠지고 절도를 하기도 하지만, 동생 응오를 생각하는 형제애를 가지고 있는 복합적인 인물이다.

응오는 정말 열심히 살아가는 모범적인 사람이었다. 그런데 이제 자신이 공들여 키운 벼를 수확하지 않는다. 수확해 봤자 남는 것이 없기 때문이다. 소설 마지막 장면에서 형이 다른 집의 소를 훔치자고 제안하지만 응오는 거절한다. 응오는 자신이 수확한 벼를 훔치기는 했지만 적어도 남의 것을 탐하는 사람은 아니라는 것을 알 수 있다.

누가 이득을 보는가?

응칠과 응오는 도지와 장리세 때문에 농사를 지어도 남는 것이 없다. 1912년부터 일본은 '토지조사사업'을 실시하는데, 그 과정에서 지주의 토지소유권은 인정하지만 소작인의 경작권은 인정하지 않았다.

조선 시대에 소작인은 토지소유권은 없었지만 경작권은 있었고, 이 경작권은 매매, 증여, 상속도 가능한 권리였다. 그런데 토지조사사업으로 소작인들이 토지경작권을 잃어버리게 되면서, 지주에게 땅을 빌려 농사를 지을 때

과도한 소작료와 세금을 내야만 했다. 그러니 아무리 열심히 일해도 가난을 벗어날 수가 없었다. 이 사업으로 조선총독부는 전 국토의 40퍼센트에 해당하는 전답과 임야를 차지하는 대주주가 되었다.

응칠이가 살던 1930년대는 도지와 장리세가 매우 높았다. 그게 어느 정도였는가 하면, 소작농은 자신이 경작한 땅에서 나온 수확량의 80퍼센트를 도지로 내야만 했던 것이다.

"글쎄, 재작년 가을이지 아마."

하고 장죽•을 빡빡 빨더니,

"근대 또 떠난대든걸. 홍천인가 어디 즈 성님한테로 간대."

하고, '그게 옳지 여기서 뭘 하느냐. 대장간이라구 일이나 많으면 모르거니와 밤낮 파리만 날리는걸. 그보다는 즈 형이 크게 농사를 짓는대니 그 뒤나 자들어주고• 국으로 얻어먹는 게 신상에 편하겠지. 그래 불일간 처자식을 데리고 아마 떠나리라'고 하고,

"농군은 그저 농사를 지야 돼."

"낼 술 먹으러 또 오지유."

간단히 인사만 하고 응칠이는 다시 일어났다.

주막을 나서니 옷깃을 스치는 개운한 바람이다. 밭 둔덕의 대추는 척 척 늘어진다. 머지않아 겨울은 또 오렷다. 그는 응오의 집을 바라보며 그간 죽었는지 궁금하였다.

응오는 봉당에 걸터앉았다. 그 앞 화로에는 약이 바글바글 끓는다. 그는 정신없이 들여다보고 앉았다.

우중충한 방에서는 아내의 가쁜 숨소리가 들린다. 색 색 하다가 "아이구" 하고는 까우러지게• 콜록거린다. 가래가 치밀어 몹시 괴로운 모양. 뽑아줄 사이가 없이 풀들은 뜰에 엉켰다. 흙이 드러난

• **장죽** 긴 담뱃대.
• **자들다** 거들다. 남이 하는 일을 함께 하면서 돕다.
• **까우러지다** 까부라지다. 기운이 빠져 몸이 고부라지거나 생기가 없이 나른해지다.

지붕에서 망초가 휘어청휘어청. 바람은 가끔 찾아와 싸리문을 흔든다. 그럴 적마다 문은 을씨년스럽게 삐—꺽 삐—꺽. 이웃의 발발이•는 벅•에서 한창 바쁘게 달그락거린다마는, 아침에 아내에게 먹이고 남은 조죽•밖에야. 아니 그것도 참 남편이 마저 긁었으니 사발에 붙은 찌꺼기뿐이리라.

"거, 다 졸았나 부다."

응칠이는 약이란 너무 졸면 못 쓰니 고만 짜 먹이라 하였다. 약이라야 어제저녁 울 뒤에서 옭아 들인 구렁이지만.

그러나 응오는 듣고도 흘렸는지 혹은 못 들었는지 잠자코 고개도 안 든다.

"옜다, 송이 맛이나 봐라."

하고 형이 손을 내밀 제야 겨우 시선을 들었으나, 술이 거나한 그 얼굴을 거북상스레• 훑어본다. 그리고 송이를 고맙지 않게 받아 방에 치뜨리고는,

"이거나 먹어."

하다가,

"뭐?"

• **발발이** 발바리. 잘 돌아다니는 몸집이 작은 개.
• **벅** 부엌.
• **조죽** 좁쌀로 쑨 죽.
• **거북상스레** 어쩐지 어색하고 편치 않은 느낌이 있게.

금 따는 콩밭

땅속 저 밑은 늘 음침하다.

고달픈 간드렛불,• 맥없이 푸르끼하다.• 밤과 달라서 낮엔 되우 흐릿하였다.

겉으로 황토 장벽으로 앞뒤 좌우가 콕 막힌 좁직한 구뎅이. 흡사히 무덤 속같이 귀중중하다,• 싸늘한 침묵, 쿠더브레한• 흙내와 징그러운 냉기만이 그 속에 자욱하다.

곡괭이는 뻰질 흙을 이르집는다.• 암팡스러이• 내려 쪼며,

퍽 퍽 퍽——

이렇게 메 떨어진• 소리뿐. 그러나 간간 우수수 하고 벽이 헐린다.

영식이는 일손을 놓고 소맷자락을 끌어당기어 얼굴의 땀을 훑는다. 이놈의 줄이 언제나 잡힐는지 기가 찼다. 흙 한 줌을 집어

- **간드렛불** 간드레 불. 촛불.
- **푸르끼하다** 푸르께하다. 옅지도 짙지도 않게 푸르다.
- **귀중중하다** 매우 더럽다. 어둡고 으스스하다.
- **쿠더브레하다** 쿠덥지근하다. 쿠리터분하다. 냄새가 역겹고 구리다.
- **이르집다** 흙 따위를 파헤치다.
- **암팡스러이** 암팡스레. 야무지고 다부지게.
- **메 떨어진** 떡메 떨어지는. 떡메로 떡을 내리치는.

코밑에 바짝 들여대고 손가락으로 샅샅이 뒤져본다. 완연히 버력• 은 좀 변한 듯싶다. 그러나 불통버력•이 아주 다 풀린 것도 아니었다. 말똥버력•이라야 금이 나온다는데 왜 이리 안 나오는지.

곡괭이를 다시 집어 든다. 땅에 무릎을 꿇고 궁뎅이를 번쩍 든 채 식식거린다. 곡괭이는 무작정 내려찍는다.

바닥에서 물이 스미어 무르팍이 흥건히 젖었다. 굿• 덮은 천판• 에서 흙방울은 내리며 목덜미로 굴러든다. 어떤 때에는 윗벽의 한 쪽이 떨어지며 등을 탕 때리고 부서진다. 그러나 그는 눈도 하나 깜짝하지 않는다. 금을 캔다고 콩밭 하나를 다 잡쳤다. 약이 올라서 죽을 둥 살 둥, 눈이 뒤집힌 이 판이다. 손바닥에 침을 탁 뱉고 곡괭이 자루를 한번 고쳐 잡더니 쉴 줄 모른다.

등 뒤에서는 흙 긁는 소리가 드윽드윽 난다. 아직도 버력을 다 못 친 모양. 이 자식이 일을 하나 시졸 하나,• 남은 속이 바직 타는데 웬 뱃심•이 이리도 좋아.

영식이는 살기 띤 시선으로 고개를 돌렸다. 암말 없이 수재를

- **버력** 광석이나 석탄을 캘 때 나오는, 광물 성분이 섞이지 않은 잡돌.
- **불통버력** 정확한 뜻은 알 수 없으나, 쓸모없는 버력을 뜻하는 듯함.
- **말똥버력** 양파 모양으로 벗겨져 부스러지기 쉬운 버력.
- **굿** 구덩이.
- **천판** 널빤지.
- **시졸 하나** 시조를 하나. '시조하다'는 '말이나 행동을 느릿느릿하게 하다.'라는 뜻.
- **뱃심** 염치나 두려움이 없이 제 고집대로 버티는 힘.

"성님!"

하고 팔을 챌• 적에는 응오도 어지간히 급한 모양이었다.

"왜?"

응칠이가 몸을 돌리니 허둥지둥 그 말이, "인제는 별 도리가 없다. 있다면 꼭 한 가지가 남았으니…… 그것은 엊그저께 산신을 부리는 도인이 이 마을에 오지 않았는가. 그 도인이 응오를 특히 동정하여 15원만 들이어 산치성•을 올리면 씻은 듯이 낫게 해주리라"는데,

"성님은 언제나 돈 만들 수 있지유?"

"거, 안 된다. 치성 들여 날 병이 그냥 안 낫겠니?"

하여 여전히 딱 떼고• "그러게 내 뭐래든. 애전에 계집 다 내버리고 날 따라나서랬지." 하고,

"그래 농군의 살림이란 제 목매기라지!"

그러나 아우가 암말 없이 몸을 홱 돌리어 집으로 들어갈 제 응칠이는 속으로 '또 괜한 소리를 했구나.' 하였다.

응오는 도로 아내를 업어다 방에 뉘었다. 약은 다 졸았다. 불이 삭기 전 짜야 할 것이다. 식기를 기다려 약사발을 입에 대어주니 아내는 군말 없이 그 구렁이 물을 껄떡껄떡 들이마신다.

- **채다** 갑자기 세게 잡아당기다.
- **산치성** 산신령에게 정성을 다하여 비는 일.
- **떼다** 부탁이나 요구 따위를 거절하다.

응칠이는 마당에 우두커니 앉아 있다 '사람의 목숨이란 과연 중하군.' 하였다. 그러나 계집이라는 저 물건이 그렇게 떼기 어렵도록 중할까, 하니 암만해도 알 수 없고,

"너 참, 요 건너 성팔이 알지?"

"……."

"너허구 친하냐?"

"……."

"성이 뭐래는데…… 거 대답 좀 하렴."

하고 소리를 빽 질러도 아우는 대답은 말고 고개도 안 든다.

그러나 응칠이는 하늘을 쳐다보고 트림만 끄윽 하고 말았다. 술기가 코를 꽉 꽉 찔러야 할 터인데, 이건 풋김치 냄새만 코밑에서 뱅뱅 돈다. 공짜 김치만 퍼먹을 게 아니라 한 잔 더 했더라면 좋았을걸. 그는 일어서서 대를 허리에 꽂고 궁둥이의 흙을 털었다. 벼 도둑맞은 이야기를 할까, 하다가 아서라 가뜩이나 울상이 속이 쓰릴 것이다. 그보다는 이놈을 잡아놓고 낭종• 희짜를 뽑는• 것이 점잖겠지.

그는 문 밖으로 나와버렸다.

답답한 아우의 살림을 보니 역• 답답하던 제 살림이 연상되고

• **낭종** 낭중. 나중에.
• **희짜뽑다** 가진 것이 없으면서 짐짓 분수에 넘치게 굴다. 생색을 내다.
• **역** 그것과 같게.

"갈아먹으라는 밭이지 흙 쓰고 들어가라는 거야, 이 미친것들아. 콩밭에서 웬 금이 나온다구 이 지랄들이야 그래."

하고 목에 핏대를 올린다. 밭을 버리면 간수 잘못한 자기 탓이다. 날마다 와서 그 북새•를 피고 금하여도, 담날 보면 또 여전히 파는 것이다.

"오늘로 이 구뎅이를 도로 묻어놔야지, 낼로 당장 징역 갈 줄 알게."

너무 감정에 격하여 말도 잘 안 나오고 떠듬떠듬거린다. 주먹은 곧 날아들 듯이 허구리•께서 불불 떤다.

"오늘만 좀 해보고 고만두겠어유."

영식이는 낯이 붉어지며 가까스로 한마디 하였다. 그리고 무턱대고 빌었다.

마름은 들은 척도 안 하고 가버린다.

그 뒷모양을 영식이는 멀거니 배웅하였다. 그러나 콩밭 낯짝을 들여다보니 무던히 애통터진다.• 멀쩡한 밭에 구멍이 사면 풍 풍 뚫렸다.

예제없이 버력은 무데기 무데기 쌓였다. 마치 사태• 만난 공동

• **북새** 소란. 야단법석.
• **허구리** 허리 좌우의 갈비뼈 아랫부분.
• **애통터지다** 너무 걱정이 되어서 속이 터질 것 같다.
• **사태** 산사태.

묘지와도 같이 귀살쩍고• 되우 을씨년스럽다. 그다지 잘 되었던 콩 포기는 거반 버력 더미에 다아 깔려버리고 군데군데 어쩌다 남은 놈들만이 고개를 나풀거린다. 그 꼴을 보는 것은, 자식 죽는 걸 보는 게 낫지 차마 못 할 경상•이었다.

농토는 모조리 떨어질 것이다. 그러나 대관절 올 밭도지• 벼 두 섬 반은 뭘로 해내야 좋을지. 게다 밭을 망쳤으니 자칫하면 징역을 갈는지도 모른다.

영식이가 구뎅이 안으로 들어왔을 때 동무는 땅에 주저앉아 쉬고 있었다. 태연무심히• 담배만 뻑뻑 피는 것이다.

"언제나 줄을 잡는 거야?"

"인제 차차 나오겠지."

"인제 나온다?"

하고 코웃음 치고 엇먹더니• 조금 지나매,

"이 새끼."

흙덩이를 집어 들고 골통을 내려친다.

수재는 어쿠 하고 그대로 폭 엎드린다. 그러다 벌떡 일어선다. 눈에 띄는 대로 곡괭이를 잡자 대뜸 달려들었다. 그러나 강약이

- **귀살쩍다** 마구 얼크러져 정신이 뒤숭숭하거나 어지럽다.
- **경상** 모습. 풍경.
- **밭도지** 남의 밭을 빌려서 부치고 그 삯으로 해마다 주인에게 내는 물품.
- **태연무심히** 매우 태평하고 아무 생각 없이.
- **엇먹다** 비꼬다.

그것도 많이나 되었으면 모르되, 빼앗은 것이 한끗• 동전 네 닢에 수수 일곱 되. 게다 흔적이 탄로 날까 하여 낫으로 그 얼굴의 껍질을 벗기고 조깃대강이• 이기듯 끔찍하게 남기고 조긴 망나니다. 흉악한 자식. 그 알량한 돈 4전에. 나 같으면 가여워 덧돈을 주고라도 왔으리라. 이번 놈은 그따위 깍따귀•나 아닐는지 할 때, 찬 김과 아울러 치미는 소름에 머리끝이 다 쭈뼛하였다. 그간 아우의 농사를 대신 돌봐주기에 이럭저럭 날이 늦었다. 오늘 밤에는 이놈을 다리를 꺾어놓고 내일쯤은 봐서 설렁설렁 뜨는 것이 옳은 일이겠다. 이 산을 넘을까 저 산을 넘을까 주저거리며 속으로 점을 치다가 슬그머니 코를 골아 올린다.

밤이 내리니 만물은 고요히 잠이 든다. 검푸른 하늘에 산봉우리는 울퉁불퉁 물결을 치고 흐릿한 눈으로 별은 떴다. 그러다 구름떼가 몰려 닥치면 캄캄한 절벽이 된다. 또한 마을 한복판에는 거치른 바람이 오락가락 쓸쓸히 궁굴고 이따금 코를 찌르는 후련한 산사 내음새. 북쪽 산밑 미루나무에 싸여 주막이 있는데 유달리 불이 반짝인다. "노세 노세 젊어서 놀아." 노랫소리는 나직나직 한산히 흘러온다. 아마 벼를 뒷심 대고• 외상이리라.

- **한끗** 한껏. 겨우.
- **조깃대강이** 조기의 대가리.
- **깍따귀** 각다귀. 모기와 비슷하게 생긴 곤충. 남의 것을 뜯어먹고 사는 사람을 비유적으로 이르는 말.
- **뒷심 대고** 나중에 갚기로 하고.

응칠이는 잠자코 벌떡 일어나 바깥으로 나섰다. 그리고 다 나와 서야 그 집 친구에게 눈치를 안 채이도록,

"내 잠깐 다녀옴세!"

"어딜 가나?"

친구는 웬 영문을 몰라서 뻔히 쳐다보다, 밤이 이렇게 늦었으니 나갈 생각 말고 어여 이리 들어와 자라 하였다. 기껏 둘이 앉아서 개코쥐코• 떠들다가 급작이• 일어서니깐 꽤 이상한 모양이었다.

"건넛마을 가 담배 한 봉 사 올라구."

"담배 여깄는데 또 사 뭐 하나?"

친구는 호주머니에서 굳이 희연• 봉을 꺼내어 손에 들어 보이더니,

"이리 들어와 섬이나 좀 쳐주게."

"아 참, 깜빡……."

하고 응칠이는 미안스러운 낯으로 뒤통수를 긁적긁적한다. 하기는 섬을 좀 쳐달라고 며칠째 당부하는 걸 노름에 몸이 팔리어 고만 잊고 잊고 했던 것이다. '먹고 자고 이렇게 신세를 지면서 이건 썩 안 됐다.' 생각은 했지마는,

"내 곧 다녀올걸 뭐……."

어정쩡하게 한마디 남기곤 그 집을 뒤에 남긴다.

- **개코쥐코** 쓸데없는 이야기로 이러쿵저러쿵하는 모양.
- **급작이** 갑자기.
- **희연** 일제강점기 때 나온 파이프용 가루담배.

그러나 이 친구는,

"그럼, 곧 다녀오게!"

하고 때를 재치는• 법은 없었다. 언제나 여일같이,•

"그럼 잘 다녀오게!"

이렇게 그 신상만 편하기를 비는 것이다.

응칠이는 모든 사람이 저에게 그 어떤 경의를 갖고 대하는 것을 가끔 느끼고 어깨가 으쓱거린다. 백판 모르는 사람도 데리고 앉아서 몇 번 말만 좀 하면 대뜸 구부러진다. 그렇게 장한 것인지 그 일을 하다가 (그 일이라야 도적질이지만) 들어가 욕보던 이야기를 하면 그들은 눈을 커다랗게 뜨고,

"아이구, 그걸 어떻게 당하셨수!"

하고 저윽이• 놀라면서도,

"그래 그 돈은 어떡했수?"

"또 그럴 생각이 납디까요?"

"참, 우리 같은 농군에 대면 호강살이유!"

하고들 한편 썩 부러운 모양이었다. 저들도 그와 같이 진탕 먹고 살고는 싶으나 주변• 없어 못 하는 그 울분에서 그런 이야기만 들

• **재치다** 재우치다. 몰아치거나 재촉하다.
• **여일같이** 한결같이.
• **저윽이** 적이. 꽤 어지간한 정도로.
• **주변** 일을 해나가는 재주.

어도 다소 위안이 되는 것이다. 응칠이는 이걸 잘 알고 그 누구를 논에다 거꾸로 박아놓고 달아나다가 붙들리어 경치던• 이야기를 부지런히 하며,

"자네들은 안적• 멀었네, 멀었어."

하고 흰소리•를 치면 그들은, 옳다는 뜻이겠지, 묵묵히 고개만 꺼떡꺼떡하며 속없이 술을 사주고 담배를 사주고 하는 것이다.

그런데 이번 벼를 훔쳐 간 놈은 응칠이를 마구 넘보는• 모양 같다.

이렇게 생각하면 응칠이는 더욱 괘씸하였다. 그는 물푸레 몽둥이를 벗 삼아 논둑길을 질러서 산으로 올라간다.

이슥한 그믐은 칠야.•

길은 어둡고 흐릿한 언저리만 눈앞에 아물거린다.

그 논까지 7마장•은 느긋하리라. 이 마을을 벗어나는 어귀에 고개 하나를 넘는다. 또 하나를 넘는다. 그러면 그담 고개와 고개 사이에 수목이 울창한 산 중턱을 비겨대고• 몇 마지기의 논이 놓였다. 응오의 논은 그중의 하나이었다. 길에서 썩 들어앉은 곳이라

- **경치다** 혹독하게 벌을 받다.
- **안적** 아직.
- **흰소리** 터무니없이 자랑으로 떠벌리거나 거드럭거리며 허풍을 떠는 말.
- **넘보다** 남의 능력 따위를 업신여겨 얕보다.
- **칠야** 칠흑같이 어두운 밤.
- **마장** 거리의 단위. 오 리나 십 리가 못 되는 거리를 이를 때, '리' 대신 쓰인다.
- **비겨대다** 비스듬하게 기대다.

잘 뵈도 않는다. 동리에 그런 소문이 안 났을 때에는 천행으로 본 놈이 없을 것이나 반드시 성팔이의 성행임에는…….

응칠이는 공동묘지의 첫 고개를 넘었다. 그리고 다음 고개의 마루턱을 올라섰을 때 다리가 주춤하였다. 저 윈편 높은 산고랑에서 불이 반짝하다 꺼진다. 짐승 불로는 너무 흐리고…… 아—하, 이 놈들이 또 왔군. 그는 가던 길을 옆으로 새었다. 더듬더듬 나뭇가지를 짚으며 큰 산으로 올라탄다. 바위는 미끌리어 내리며 발등을 찧는다. 딸기 가시에 종아리는 따갑고…… 엉금엉금 기어서 바위를 끼고 감돈다.

산 거반 꼭대기에 바위와 바위가 어깨를 겯고• 움쑥 들어간 굴이 있다. 풀들은 뻗치어 굴문을 막는다.

그 속에 돌라앉아서• 다섯 놈이 머리들을 맞대고 수군거린다. 불빛이 샐까 염려다. 남폿불을 얕이 달아놓고 몸들을 바싹바싹 여미어 가리운다.

"어서 후딱후딱 쳐. 갑갑해서 원."

"이번엔 누가 빠지나?"

"이 사람이지 뭘 그래."

"다시 섞어. 어서 이따위 수작이야."

• **겯다** 풀어지거나 자빠지지 않도록 서로 어긋매지게 끼거나 걸치다.
• **돌라앉다** 여럿이 동그랗게 앉다.

하고 한 놈이 골을 내고 화투를 빼앗아 제 손으로 섞다가 깜짝 놀란다. 그리고 버썩 대드는 응칠이를 벙벙히 쳐다보며 얼떨한다.

그들은 응칠이가 오는 것을 완고척히• 싫어하는 눈치였다. 이런 애송이 노름판인데 응칠이를 들였다가는 맥을 못 쓸 것이다. 속으로는 되우 꺼렸다마는 그렇다고 응칠이의 비위를 건드림은 더욱 좋지 못하므로,

"아, 응칠인가? 어서 들어오게."

하고 선웃음•을 치는 놈에,

"난 올 듯하기에, 자넬 기다렸지."

하며 어수대는• 놈.

"하여튼 한 케• 떠보세."

이놈들은 손을 잡아 들이며 썩들 환영이었다.

응칠이는 그 속으로 들어서며 무서운 눈으로 좌중을 한번 훑어보았다.

그런데 재성이도 그 틈에 끼어 있는 것이 아닌가. 사날 전만 해도 응칠이더러 먹을 양식이 없으니 돈 좀 취하라던• 놈이. 의심이 부썩 일었다. 도적이란 흔히 이런 노름판에서 씨가 퍼진다. 고 옆

- **완고척히** 정확한 뜻을 알 수 없음.
- **선웃음** 우습지도 않은데 꾸며서 웃는 웃음.
- **어수대다** 으스대다. 어울리지 아니하게 우쭐거리며 뽐내다.
- **한 케** 한 판.
- **취하다** 남에게서 돈이나 물품 따위를 꾸거나 빌리다.

으로 기호도 앉았다. 이놈은 며칠 전 제 계집을 팔았다. 그 돈으로 영동 가서 장사를 하겠다던 놈이 노름을 왔다. 제깟 주제에 딸 듯 싶은가. 하나는 용구. 농사엔 힘 안 쓰고 노름에 몸이 달았다. 시키는 부역도 안 나온다고 동리에서 손도•를 맞은 놈이다. 그리고 남의 집 머슴 녀석. 뽐을 내고 멋없이 점잔을 피우는 중늙은이 상투쟁이. 이 물건은 어서 날아왔는지 보도 못 하던 놈이다. 체, 이것들이 뭘 한다구!

응칠이는 기호의 등을 꾹 찍어가지고 밖으로 나왔다. 외딴곳으로 데리고 와서,

"자네 돈 좀 없겠나?"

하고 돌아서다가,

"웬걸, 돈이 어디……."

눈치만 남고 어름어름하니,

"아내와 갈렸다지? 그 돈 다 뭐 했나?"

"아 이 사람아, 빚 갚았지!"

기호는 눈을 내리깔며 매우 거북한 모양이다. 오른편 엄지로 한 코를 막고 흥 하고 내뿜더니,

"이번 빚에 졸리어 죽을 뻔했네."

• 손도 도덕적으로 잘못한 사람을 그 지역에서 내쫓음.

하고 묻지 않은 발뺌까지 얹어서 설대•로 등어리를 긁죽긁죽한다.

그러나 응칠이는 속으로 '이놈!' 하였다.

응칠이는 실눈을 뜨고 기호를 유심히 쏘아주었더니,

"꼭 4원 남았네."

하고 선뜻 알리고,

"빚 갚고 뭣 하고 흐지부지 녹았어."

어색하게도 혼잣말로 우물쭈물 웃어버린다.

응칠이는 퉁명스러이,

"나 2원만 최게."•

하고 손을 내대다• 그래도 잘 듣지 않으매,

"따서 둘이 노늘 테야. 누가 떼먹나!"

하고 소리가 한번 빽 아니 나올 수 없다.

이 말에야 기호도 비로소 안심한 듯, 저고리섶을 쳐들고 훔척거리다• 쭈뼛쭈뼛 꺼내놓는다. 딴은 응칠이의 솜씨이면 낙짜는 없을• 것이다. 설혹 재간이 모자라 잃는다면 우격•이라도 도로 몰아갈 게니깐.

- **설대** 담배설대. 담뱃대의 가운데 부분에 있는 기다란 막대.
- **최다** 꾸다. 빌리다.
- **내대다** 요구나 조건 따위를 상대편에게 강력하게 제시하다.
- **훔척거리다** 보이지 아니하는 데 있는 것을 찾으려고 이리저리 자꾸 더듬어 뒤지다.
- **낙짜없다** 낙자없다. 영락없다. 틀림없다.
- **우격** 억지로 우김.

"나두 한 케 떠보세•."

응칠이는 우좌스리• 굴로 기어든다. 그 콧등에는 자신 있는 그리고 흡족한 미소가 떠오른다. 사실이지 노름만치 그를 행복하게 하는 건 다시없었다. 슬프다가도 화투나 투전장을 손에 들면 공연스레 어깨가 으쓱거리고, 아무리 일이 바빠도 노름판은 옆에 못 두고 지난다. 그는 이놈 저놈의 눈치를 스을쩍 한번 훑고,

"두 패루 너느지?"

응칠이는 재성이와 용구를 데리고 한옆으로 비켜 앉았다. 그리고 신바람이 나서 화투를 섞다가 손을 따악 짚으며,

"튀전이래지• 이깐 화투는…… 하튼 뭘 할 텐가? 녹빼낀가? 켤 텐가?"

"약단이나 그저 보지!"•

사방은 매섭게 조용하였다. 바위 위에서 혹 바람에 모래 구르는 소리뿐이다. 어쩌다,

"옛다 봐라."

하고 화투짝이 '쩔꺽' 한다. 그러곤 다시 쥐죽은 듯 잠잠하다.

그들은 이욕•에 몸이 달아서 이야기고 뭐고 할 여지가 없다. 행

- **뜨다** 서로 마주하여 대결을 벌이다.
- **우좌스리** 정확한 뜻을 알 수 없음. '우자스레(어리석게)'의 뜻으로 보임.
- **튀전이래지** 투전이나 하지. '투전'은 노름 도구의 하나.
- **약단이나 ~ 그저 보지** 정확한 뜻을 알 수 없음.
- **이욕** 사사로운 이익을 탐내는 욕심.

여 속지나 않는가 하여 눈들이 빨개서 서로 독을 올린다. 어떤 놈이 뜯는 놈이고 어떤 놈이 뜯기는 놈인지 영문 모른다.

응칠이가 한 장을 내던지고 명월공산•을 보기 좋게 떡 젖혀놓으니,

"이거 왜 수짜질•이야!"

용구는 골을 벌컥 내며 쳐다본다.

"뭐가?"

"뭐라니? 아, 이 공산 자네 밑에서 빼내지 않았나?"

"봤으면 고만이지 그렇게 노할 건 또 뭔가!"

응칠이는 어설피 입맛을 쩍쩍 다시다,

"그럼 이번엔 파토•지?"

하고 손의 화투를 땅에 내던지며 껄껄 웃어버린다.

이때 한옆에서 별안간,

"이 자식, 죽인다!"

악을 쓰는 것이니, 모두들 놀라며 시선을 몬다. 머슴이 마주 앉은 상투의 뺨을 갈겼다. 말인즉 매조• 다섯 끗을 엎어 쳤다고.

허나 정말은 돈을 잃은 것이 분한 것이다. 이 돈이 무슨 돈이냐 하면, 일 년 품을 팔은 피 묻은 사경이다. 이런 돈을 송두리 먹히

• **명월공산** 달이 그려진 화투장.
• **수짜질** 수작질.
• **파토** 파투. 화투 놀이에서, 잘못되어 판이 무효가 됨.
• **매조** 화투에서, 매화가 그려져 있는 화투장.

다니…….

"이 자식, 너는 사기꾼이지? 돈 내라!"

멱살을 훔켜잡고 다시 두 번을 때린다.

"허, 이놈이 왜 이래누. 어른을 몰라보구."

상투는 책상다리를 잡숫고 허리를 쓰윽 펴더니 점잖이 호령한다. 자식뻘 되는 놈에게 뺨을 맞는 건 말이 좀 덜 된다. 약이 올라서 곧 일을 칠 듯이 웅뎅이를 번쩍 들었으나, 그러나 그대로 주저앉고 말았다. 악에 바짝 받친 놈을 건드렸다가는 결국 이쪽이 손해다. 더럽단 듯이 허허 웃고,

"버릇없는 놈 다 봤고!"

하고 꾸짖은 것은 잘됐으나 기어이 "어이쿠" 하고 그 자리에 푹 엎으러진다. 이마가 터져서 피는 흘렀다. 어느 틈엔가 돌멩이가 날아와 이마의 가죽을 터친 것이다.

응칠이는 싱글거리며 굴을 나섰다. 공연스레 쑥스럽게 일이나 벌어지면 성가신 노릇이다. 그리고 돈 백이나 될 줄 알았더니, 다 봐야 한 40원 될까 말까. 그걸 바라고 어느 놈이 앉았는가.

그가 딴 것은 본밑•을 알라• 9원 하고 80전이다. 기호에게 5원을 내주고,

• **본밑** 원래 가지고 있던 밑천.
• **알라** 아울러. 그것까지 더해.

"자, 반이 넘네. 자네 계집 잃고 돈 잃고 호강이겠네."

농담으로 비웃어 던지고는 숲속으로 설렁설렁 내려온다.

"여보게, 자네에게 청이 있네."

재성이 목이 말라서 바득바득 따라온다. 그 청이란 묻지 않아도 알 수 있었다. 저에게 돈을 다 빼앗기곤 구문•이겠지. 시치미를 딱 떼고 나 갈 길만 걷는다.

"여보게 응칠이. 아, 내 말 좀 들어……."

그제서는 팔을 잡아낚으며 살려달라 한다. 돈을 좀 늘릴까 하고 벼 열 말을 팔아 해보았더니 다 잃었다고. 당장 먹을 게 없어 죽을 지경이니 노름 밑천이나 하게 몇 푼 달라는 것이다. 그러나 벼를 털었으면 그저 먹을 게지 어쭙지 않게 노름은…….

"그런 걸 왜 너보고 하랬어?"

하고 돌아서며 소리를 빽 지르다가 가만히 보니 눈에 눈물이 글썽하다. 잠자코 돈 2원을 꺼내주었다.

응칠이는 돌에 앉아서 팔짱을 끼고 덜덜 떨고 있다.

사방은 뺑— 돌리어 나무에 둘러싸였다. 거무튀튀한 그 형상이 헐없이 무슨 도깨비 같다. 바람이 불 적마다 쏴— 하고 쏴— 하고 음충맞게• 건들거린다. 어느 때에는 쨱 쨱 하고 목을 따는지 비명

• **구문** 홍정을 붙여주고 그 보수로 받는 돈. 여기서는 '도박 등에서 이기거나 많은 돈을 딴 사람이 돈을 잃은 사람들에게 일정한 사례를 하는 것'.
• **음충맞다** 성질이 매우 음흉하고 나쁘다.

도 울린다.

그는 가끔 뒤를 돌아보았다. 별일은 없을 줄 아나 호욕• 뭐가 덤벼들지도 모른다. 서낭당은 바로 등 뒤다. 족제빈지 뭔지, 요동• 통에 돌이 무너지며 바스락바스락한다. 그 소리가 묘—하게도 등줄기를 쪼옥 긋는다. 어두운 꿈속이다. 하늘에서 이슬은 내리어 옷깃을 축인다. 공포도 공포려니와 냉기로 하여 좀체로 견딜 수가 없었다.

산골은 산신까지도 주렸으렷다. 아들 나달라고 떡 갖다 바칠 이 없을 테니까. 이놈의 영감님 홧김에 덥석 달려들면……. 앞뒤를 다시 한번 휘돌아본 다음 설대를 뽑는다. 그리고 오금팽이•로 불을 가리고는 한 대 뻑뻑 피워 물었다. 논은 여남은 칸 떨어져 고 아래 누웠다. 일심정기•를 다하여 나무 틈으로 뚫어보고 앉았다. 그러나 땅에 대를 털려니깐 풀숲이 이상스러이 흔들린다. 뱀, 뱀이 아닌가. 구시월 뱀이라니, 물리면 고만이다. 자리를 옮겨 앉으며 손으로 입을 막고 하품을 터친다.

아마 두어 시간은 더 넘었으리라. 이놈이 필연코 올 텐데 안 오니 이 또 무슨 조활까. 이 짓이란 소문이 나기 전에 한 번 더 와보

- **호욕** 혹, 혹시.
- **요동** 흔들리어 움직임.
- **오금팽이** 구부러진 물건에서 오목하게 굽은 자리의 안쪽.
- **일심정기** 한결같은 마음과 바른 기운을 이르는 말.

는 것이 원칙이다. 잠을 못 자서 눈이 뻑뻑한 것이 제물에• 슬금슬금 감긴다. 이를 악물고 눈을 뒵뜨면• 이번에는 허리가 노글거린다.• 속은 쓰리고 골치는 때리고. 불꽃 같은 노기가 불끈 일어서 몸을 옥죄인다. 이놈의 다리를 못 꺾어놔도 애비 없는 후레자식이겠다.

닭들이 세 홰를 운다. 멀—리 산을 넘어오는 그 음향이 퍽은 서글프다. 큰비를 몰아드는지 검은 구름이 잔뜩 낀다. 하긴 지금도 빗방울이 뚝뚝 떨어진다.

그때 논둑에서 희끄무레한 허깨비 같은 것이 얼씬거린다. 정신을 빤짝 차렸다. 영락없이 성팔이, 재성이, 그 둘 중의 한 놈이리라. 이 고생을 시키는 그놈! 이가 북북 갈리고 어깨가 다 식식거린다. 몽둥이를 잔뜩 우려쥐었다.• 그리고 벌떡 일어나서 나무줄기를 끼고 조심조심 돌아내린다. 허나 도랑쯤 내려오다가 그는 멈씰하여• 몸을 뒤로 물렸다. 늑대 두 놈이 짝을 짓고 이편 산에서 저편 산으로 설렁설렁 건너가는 길이었다. 빌어먹을 늑대, 이것까지 말썽이람. 이마의 식은땀을 씻으며 도로 제자리로 돌아온다. 어쩌면 이번 이놈도 재작년 강도 짝이나 안 될는지. 급시로 불길한 예

- **제물에** 저 혼자 스스로의 바람에.
- **뒵뜨다** 뒤집어 뜨다.
- **노글거리다** 빼근하다. 몹시 피로하여 움직이기가 힘들다.
- **우려쥐다** 후려쥐다. 세게 움켜잡다.
- **멈씰하다** 멈칫하다. 하던 일이나 동작을 갑자기 멈추다.

감이 뒤통수를 탁 치고 지나간다.

그는 옷깃을 여미며 한 대를 더 붙였다. 돌연히 풍세•는 심하여진다. 산골짜기로 몰아드는 억센 놈이 가끔 발광이다. 다시금 더르르 몸을 떨었다. 가을은 왜 이 지경인지. 여기에서 밤새울 생각을 하니 기가 찼다.

얼마나 되었는지, 몸을 좀 녹이고자 일어나서 서성서성할 때이었다. 논으로 다가오는 흐미한• 그림자를 분명히 두 눈으로 보았다. 그러고 보니 피로고 한고•이고 다 딴소리다. 고개를 내대고 딱 버티고 서서 눈에 쌍심지를 올린다.

흰 그림자는 어느 틈엔가 어둠 속에 사라져 보이지 않는다. 그리고 다시 나올 줄을 모른다. 바람 소리만 왱 왱 칠 뿐이다. 다시 암흑 속이 된다. 확실히 벼를 훔치러 논 속으로 들어갔을 것이다. 여깽이• 같은 놈이 궂은 날새•를 기화• 삼아 맘껏 하겠지. 의리 없는 썩은 자식, 격장•에서 같이 굶는 터에……. 오냐 대거리•만 있어라. 이를 한번 부윽 갈아붙이고 차츰차츰 논께로 내려온다.

- **풍세** 바람의 기세.
- **흐미하다** 희미하다.
- **한고** 심한 추위로 인한 괴로움.
- **여깽이** 여우.
- **날새** 날씨.
- **기화** 뜻밖의 이익을 얻을 수 있는 기회.
- **격장** 담 하나를 사이에 두고 이웃함.
- **대거리** 상대편에게 맞서서 대듦. 또는 그런 말이나 행동.

응칠이는 논께로 바특이• 내려서서 소나무에 몸을 착 붙였다. 선불리 서둘다간 남의 횡액•을 입을지도 모른다. 다 훔쳐가지고 나올 때만 기다린다. 몽둥이는 잔뜩 힘을 올린다.

한 식경•쯤 지났을까, 도적은 다시 나타난다. 논둑에 머리만 내놓고 사면을 두리번거리더니 그제서 기어나온다. 얼굴에는 눈만 내놓고 수건인지 뭔지 흔겁•이 가리었다. 봇짐을 등에 짊어 메고는 허리를 구붓이 뺑손•을 놓는다. 그러자 응칠이가 날쌔게 달려들며,

"이 자식! 남의 벼를 훔쳐 가니!"
하고 대포처럼 고함을 지르니 논둑으로 고대로 데굴데굴 굴러서 떨어진다. 얼결에 호되히• 놀란 모양이었다.

응칠이는 덤벼들어 우선 허리께를 내려조겼다. "어이쿠쿠, 쿠—" 하고 처참한 비명이다. 이 소리에 귀가 번쩍 뜨이어 그 고개를 들고 팔부터 벗겨보았다. 그러나 너무나 어이가 없었음인지 시선을 치걷으며• 그 자리에 우두망찰한다.•

• **바특이** 두 대상이나 물체 사이가 조금 가깝게.
• **횡액** 뜻밖에 닥쳐오는 불행.
• **한 식경** 한 차례의 밥을 먹을 만한 시간.
• **흔겁** 헝겊.
• **뺑손** 뺑소니. 급히 몰래 달아나는 것.
• **호되히** 호되게. 매우 심하게.
• **치걷다** 위로 걷어 올리다.
• **우두망찰하다** 정신이 얼떨떨하여 어찌할 바를 모르다.

그것은 무서운 침묵이었다. 살뚱맞은• 바람만 공중에서 북새를 논다.•

한참을 신음하다 도적은 일어나더니,

"성님까지 이렇게 못살게 굴기유?"

제법 눈을 부라리며 몸을 홱 돌린다. 그리고 느끼며• 울음이 복받친다. 봇짐도 내버린 채,

"내 것 내가 먹는데 누가 뭐래?"

하고 데퉁스러이• 내뱉고는 비틀비틀 논 저쪽으로 없어진다.

형은 너무 꿈속 같아서 멍하니 섰을 뿐이다.

그러다 얼마 지나서 한 손으로 그 봇짐을 들어본다. 가뿐하니 끽• 말가웃•이나 될는지. 이까짓 걸 요렇게까지 해가려는 그 심정은 실로 알 수 없다. 벼를 논에다 도로 털어버렸다. 그리고 아내의 치마이겠지, 검은 보자기를 척척 개서 들었다. 내 걸 내가 먹는다…… 그야 이를 말이랴. 허나 내 걸 내가 훔쳐야 할 그 운명도 얄궂거니와 형을 배반하고 이 짓을 벌인 아우도 아우이렷다.

- **살뚱맞다** 당돌하고 생뚱맞다.
- **북새를 놀다** 여러 사람이 부산하게 법석이다.
- **느끼다** 서러워서 소리를 내며 울다.
- **데퉁스럽다** 거칠고 못마땅하다.
- **끽** 고작. 겨우.
- **말가웃** '가웃'은 앞말이 가리키는 단위에 그 절반 정도를 더 보태는 뜻을 더하는 접미사. 말가웃은 '한 말 반' 정도.

'에—이 고얀 놈!' 할 제 볼을 적시는 것은 눈물이다. 그는 주먹으로 눈물을 쓱 비비고 머리에 번쩍 떠오르는 것이 있으니 두레두레한 황소의 눈깔. 시오리를 남쪽 산속으로 들어가면 어느 집 바깥뜰에 밤마다 늘 매여 있는 투실투실한 그 황소. 아무렇게 따지든 70원은 갈데없으리라.• 그는 부리나케 아우의 뒤를 밟았다.

공동묘지까지 거반 왔을 때에야 가까스로 만났다. 아우의 등을 탁 치며,

"애, 좋은 수 있다. 네 원대로 돈을 해줄게, 나하구 잠깐 다녀오자."

씩씩한 어조로 기쁘도록 달랬다. 그러나 아우는 입 하나 열려 하지 않고 그대로 실쭉하였다. 뿐만 아니라 어깨 위에 올려놓은 형의 손을 부질없단 듯이 몹으로• 털어버린다. 그리고 삐익 달아난다. 이걸 보니 하엄청•이 나고 기가 콱 막히었다.

"이눔아!"

하고 악에 받치어,

"명색이 성이라며?"

대뜸 몽둥이는 들어가 그 볼기짝을 후려갈겼다. 아우는 모로 몸

• **갈데없다** 오직 그렇게밖에는 달리 될 수 없다. 분명히 그렇다.
• **몹으로** 몹시. 매우 심하게.
• **하엄청** 화엄청. 열불. 매우 흥분하거나 화가 난 감정.

을 꺾더니 시나브로• 찌그러진다. 뒤미처 앞정강이를 때렸다 등을 팼다. 일지• 못할 만치 매는 내리었다. 체면을 불고하고 땅에 엎드리어 엉엉 울도록 매는 내리었다.

홧김에 하긴 했으되 그 꼴을 보니 또한 마음이 편할 수 없다. 침을 퇴 뱉어 던지곤, 팔자 드센 놈이 그저 그렇지 별수 있냐. 쓰러진 아우를 일으키어 등에 업고 일어섰다. 언제나 철이 날는지 딱한 일이었다. 속 썩는 한숨을 후— 하고 내뿜는다. 그리고 어청어청• 고개를 묵묵히 내려온다.

《조선일보》(1935년 7월 17일에서 31일)에 실린 것을 바탕으로 함.

- **시나브로** 조금씩 조금씩.
- **일다** 일어나다.
- **어청어청** 키가 큰 사람이 이리저리 천천히 걷는 모양.

작품 이해하기

〈만무방〉은 1935년 7월 17일부터 31일까지 조선일보에 연재된 단편소설이다. 1930년대의 강원도 산골 마을을 배경으로 하고 있으며, 응오가 자신이 애써 가꾼 벼를 자기가 도적질해야 하는 눈물겨운 상황을 통해서 일제강점기 농촌사회의 가혹한 상황과 구조적인 모순을 보여준다. 그러나 작가는 응칠과 응오, 그리고 그 밖의 등장인물들의 대화 속에서 따뜻한 마음과 웃음을 잃지 않고 살아가려는 민중의 모습을 그려내려고 했다.

만무방은 원래 염치없이 막돼먹은 사람을 뜻한다. 그렇다면 이 작품에 등장하는 응칠과 응오, 성실히 노동에 임하기 보다는 도박판에 뛰어드는 농촌 청년들을 두고 '만무방'이라 할 수 있겠다. 하지만 이렇듯 농촌 청년들이 도박판에 빠지고 절망하는 이유는 열심히 일해서 추수를 해도 정작 본인에게는 아무것도 남는 것이 없기 때문이다. 열심히 살아도 제대로 된 보상을 받지 못하는 삶. 이러나 저러나 가진 걸 잃고 말 테니, 자포자기하는 심정으로 청년들은 남을 속이고, 도박을 해가며 '염치없는' 인간이 된 게 아닐까.

세금 수탈에서 벗어나고자 농촌을 떠나려 해도 농사로 먹고사는 이들은 세금으로 모든 걸 빼앗기고, 그런 까닭에 노름으로 그 밑천을 마련해 보려

해도, 그나마 농사로 거둔 자신의 전 재산을 모두 날리고 마는 농촌 사람들.

이런 농촌 사회의 상황을 살펴보았을 때, 당시 소작농들이 얼마나 제대로 된 보상을 받지 못하고 힘들게 살아갔는지 알 수 있다. 소설 속의 인물들은 자신의 가정을 지키기 위해, 또 굶주림과 가난에서 벗어나기 위해 스스로 도박판에 뛰어들고 남을 속이는 만무방이 되어갔던 것이다.

작품 깊이읽기

만무방은 누구?

만무방은 '염치없는 사람'을 뜻한다. 소설에서는 유랑하고 남의 닭을 훔쳐 먹고 노름과 절도로 삶을 살아가는 주인공 응칠이를 만무방이라고 할 수 있다. 노름에 물든 기호, 상투쟁이, 머슴 등도 모두 만무방이라 할 것이다. 그러나 응칠이도 처음부터 만무방이 될 생각은 아니었다. 응칠이도 처음에는 열심히 삶을 살아가는 농민이었다.

하지만 아무리 열심히 일해도 가난해지기만 했다. 이는 일제의 수탈이 정점에 달한 시대적 배경과 관련 있다. 당시 자신이 경작할 땅이 없는 사람들은 턱없이 높은 소작료(도지), 비싼 이자(장리쌀)를 내야 했다. 그러니 농사를 지어도 남는 것 하나 없는 일이 비일비재했고, 응칠이처럼 정직한 삶을 포기하고 남의 것을 훔치고 노름을 하며 살아갈 수밖에 없는 비정상적인 사회가 된 것이다.

그런 맥락에서 따져보면 만무방이 진정으로 가리키는 바는 사실 응칠이도, 재성이도, 상투쟁이도 아니다. 만무방, 그 무엇보다 염치없는 존재는 바로 이런 가혹한 현실을 만든 '일제강점기의 가혹한 사회'인 것이다.

궁핍한 농촌 현실을 대변하는 응칠과 응오

응칠은 전과 4범의 건달이며, 절도에도 능한 노름꾼이다. 또한 사회 윤리를 어기며 살아가는 인물이다. 물론 그도 처음부터 그런 것은 아니었다. 그에게도 사랑하는 아내와 아들이 있었고, 집도 있었다. 농사꾼으로 열심히 농사를 지었으나 매년 늘어나는 것은 빚뿐이었다. 응칠은 이렇게 모순되고 가혹한 현실에서 벗어나기 위해 도박에 빠지고 절도를 하기도 하지만, 동생 응오를 생각하는 형제애를 가지고 있는 복합적인 인물이다.

응오는 정말 열심히 살아가는 모범적인 사람이었다. 그런데 이제 자신이 공들여 키운 벼를 수확하지 않는다. 수확해 봤자 남는 것이 없기 때문이다. 소설 마지막 장면에서 형이 다른 집의 소를 훔치자고 제안하지만 응오는 거절한다. 응오는 자신이 수확한 벼를 훔치기는 했지만 적어도 남의 것을 탐하는 사람은 아니라는 것을 알 수 있다.

누가 이득을 보는가?

응칠과 응오는 도지와 장리세 때문에 농사를 지어도 남는 것이 없다. 1912년부터 일본은 '토지조사사업'을 실시하는데, 그 과정에서 지주의 토지소유권은 인정하지만 소작인의 경작권은 인정하지 않았다.

조선 시대에 소작인은 토지소유권은 없었지만 경작권은 있었고, 이 경작권은 매매, 증여, 상속도 가능한 권리였다. 그런데 토지조사사업으로 소작인들이 토지경작권을 잃어버리게 되면서, 지주에게 땅을 빌려 농사를 지을 때

과도한 소작료와 세금을 내야만 했다. 그러니 아무리 열심히 일해도 가난을 벗어날 수가 없었다. 이 사업으로 조선총독부는 전 국토의 40퍼센트에 해당하는 전답과 임야를 차지하는 대주주가 되었다.

응칠이가 살던 1930년대는 도지와 장리세가 매우 높았다. 그게 어느 정도였는가 하면, 소작농은 자신이 경작한 땅에서 나온 수확량의 80퍼센트를 도지로 내야만 했던 것이다.

봄 · 봄

동 백 꽃

만 무 방

금 따는 콩밭

금 따는 콩밭

땅속 저 밑은 늘 음침하다.

고달픈 간드렛불,• 맥없이 푸르끼하다.• 밤과 달라서 낮엔 되우 흐릿하였다.

겉으로 황토 장벽으로 앞뒤 좌우가 콕 막힌 좁직한 구뎅이. 흡사히 무덤 속같이 귀중중하다,• 싸늘한 침묵, 쿠더브레한• 흙내와 징그러운 냉기만이 그 속에 자욱하다.

곡괭이는 뻰질 흙을 이르집는다.• 암팡스러이• 내려 쪼며,

퍽 퍽 퍽——

이렇게 메 떨어진• 소리뿐. 그러나 간간 우수수 하고 벽이 헐린다.

영식이는 일손을 놓고 소맷자락을 끌어당기어 얼굴의 땀을 훑는다. 이놈의 줄이 언제나 잡힐는지 기가 찼다. 흙 한 줌을 집어

- **간드렛불** 간드레 불. 촛불.
- **푸르끼하다** 푸르께하다. 옅지도 짙지도 않게 푸르다.
- **귀중중하다** 매우 더럽다. 어둡고 으스스하다.
- **쿠더브레하다** 쿠덥지근하다. 쿠리터분하다. 냄새가 역겹고 구리다.
- **이르집다** 흙 따위를 파헤치다.
- **암팡스러이** 암팡스레. 야무지고 다부지게.
- **메 떨어진** 떡메 떨어지는. 떡메로 떡을 내리치는.

코밑에 바짝 들여대고 손가락으로 샅샅이 뒤져본다. 완연히 버력• 은 좀 변한 듯싶다. 그러나 불통버력•이 아주 다 풀린 것도 아니었다. 말똥버력•이라야 금이 나온다는데 왜 이리 안 나오는지.

곡괭이를 다시 집어 든다. 땅에 무릎을 꿇고 궁뎅이를 번쩍 든 채 식식거린다. 곡괭이는 무작정 내려찍는다.

바닥에서 물이 스미어 무르팍이 흥건히 젖었다. 굿• 덮은 천판• 에서 흙방울은 내리며 목덜미로 굴러든다. 어떤 때에는 윗벽의 한쪽이 떨어지며 등을 탕 때리고 부서진다. 그러나 그는 눈도 하나 깜짝하지 않는다. 금을 캔다고 콩밭 하나를 다 잡쳤다. 약이 올라서 죽을 둥 살 둥, 눈이 뒤집힌 이 판이다. 손바닥에 침을 탁 뱉고 곡괭이 자루를 한번 고쳐 잡더니 쉴 줄 모른다.

등 뒤에서는 흙 긁는 소리가 드윽드윽 난다. 아직도 버력을 다 못 친 모양. 이 자식이 일을 하나 시졸 하나,• 남은 속이 바직 타는데 웬 뱃심•이 이리도 좋아.

영식이는 살기 띤 시선으로 고개를 돌렸다. 암말 없이 수재를

- **버력** 광석이나 석탄을 캘 때 나오는, 광물 성분이 섞이지 않은 잡돌.
- **불통버력** 정확한 뜻은 알 수 없으나, 쓸모없는 버력을 뜻하는 듯함.
- **말똥버력** 양파 모양으로 벗겨져 부스러지기 쉬운 버력.
- **굿** 구덩이.
- **천판** 널빤지.
- **시졸 하나** 시조를 하나. '시조하다'는 '말이나 행동을 느릿느릿하게 하다.'라는 뜻.
- **뱃심** 염치나 두려움이 없이 제 고집대로 버티는 힘.

노려본다. 그제야 꾸물꾸물 바지게•에 흙을 담고 등에 메고 사다리를 올라간다.

굿이 풀리는지 벽이 우찔하였다. 흙이 부서져 내린다. 전날이라면 이곳에서 아내 한번 못 보고 생죽음이나 안 할까 털끝까지 쭈볏할 게다. 그러나 인젠 그렇게 되고도 싶다. 수재란 놈하고 흙더미에 묻히어 한껍에• 죽는다면 그게 오히려 날 게다.

이렇게까지 몹시 몹시 미웠다.

이놈 풍치는• 바람에 애꿎은 콩밭 하나만 결딴을 냈다. 뿐만 아니라 모두가 낭패다. 세벌논•도 못 맸다. 논둑의 풀은 성큼 자란 채 어지러이 널려져 있다. 이 기미를 알고 지주는 대로하였다. 내년부터는 농사질 생각을 말라고 발을 굴렀다. 땅은 암만을 파도 지수•가 없다. 이만해도 다섯 길은 훨썩 넘었으리라. 좀 더 지펴야• 옳을지 혹은 북으로 밀어야 옳을지 우두머니• 망설거린다. 금점 일에는 풋뜸•이다. 입때껏 수재의 지휘를 받아 일을 해왔고, 앞

• **바지게** 짐을 실을 수 있는 소쿠리 모양의 물건을 얹은 지게.
• **한껍에** 한꺼번에.
• **풍치다** 실제보다 과장하여 실속 없는 말이나 행동을 하다.
• **세벌논** 세 번째 김매는 논.
• **지수** 기수. 기미. 낌새.
• **지피다** 기피다. 깊게 하다.
• **우두머니** 우두커니. 넋이 나간 듯이 가만히 한자리에 서 있거나 앉아 있는 모양.
• **풋뜸** 풋내기. 어떤 일에 대한 경험이 없어서 그 일에 서투른 사람.

으로도 역• 그러해야 금을 딸 것이다. 그러나 그런 칙칙한 짓은 안 한다.

"이리 와 이것 좀 파게."

그는 어쓴• 위풍을 보이며 이렇게 분부하였다. 그리고 저는 일어나 손을 털며 뒤로 물러선다.

수재는 군말 없이 고분하였다. 시키는 대로 땅에 무릎을 꿇고 벽채•로 군버럭•을 긁어낸 다음 다시 파기 시작한다.

영식이는 치다 나머지• 버럭을 짊어진다. 커단 걸대•를 뒤툭거리며• 사다리로 기어오른다. 굿 문을 나와 버럭 더미에 흙을 마악 내치려 할 제,

"왜 또 파! 이것들이 미쳤나 그래!"

산에서 내려오는 마름과 맞닥뜨렸다. 정신이 떠름하여 그대로 벙벙히 섰다. 오늘은 또 무슨 포악을 들으려는가.

"말라니깐 왜 또 파는 게야."

하고 영식이의 바지게 뒤를 지팡이로 콱 찌르더니,

- **역** 역시. 이전과 같이.
- **어쓴** 엇선. 양보하거나 수그리지 않고 맞서는.
- **벽채** 호미와 비슷하게 생겼으나 호미보다 훨씬 큰 연장.
- **군버럭** 잡돌.
- **치다 나머지** 치우다 남은.
- **커단 걸대** 커다란 걸때(사람의 몸집).
- **뒤툭거리다** 뒤뚝거리다. 몸이 중심을 잃고 자꾸 이리저리 기울어지다.

"갈아먹으라는 밭이지 흙 쓰고 들어가라는 거야, 이 미친것들아. 콩밭에서 웬 금이 나온다구 이 지랄들이야 그래."
하고 목에 핏대를 올린다. 밭을 버리면 간수 잘못한 자기 탓이다. 날마다 와서 그 북새•를 피고 금하여도, 담날 보면 또 여전히 파는 것이다.

"오늘로 이 구뎅이를 도로 묻어놔야지, 낼로 당장 징역 갈 줄 알게."

너무 감정에 격하여 말도 잘 안 나오고 떠듬떠듬거린다. 주먹은 곧 날아들 듯이 허구리•께서 불불 떤다.

"오늘만 좀 해보고 고만두겠어유."

영식이는 낯이 붉어지며 가까스로 한마디 하였다. 그리고 무턱대고 빌었다.

마름은 들은 척도 안 하고 가버린다.

그 뒷모양을 영식이는 멀거니 배웅하였다. 그러나 콩밭 낯짝을 들여다보니 무던히 애통터진다.• 멀쩡한 밭에 구멍이 사면 풍 풍 뚫렸다.

예제없이 버력은 무데기 무데기 쌓였다. 마치 사태• 만난 공동

- **북새** 소란. 야단법석.
- **허구리** 허리 좌우의 갈비뼈 아랫부분.
- **애통터지다** 너무 걱정이 되어서 속이 터질 것 같다.
- **사태** 산사태.

묘지와도 같이 귀살쩍고• 되우 을씨년스럽다. 그다지 잘 되었던 콩 포기는 거반 버력 더미에 다아 깔려버리고 군데군데 어쩌다 남은 놈들만이 고개를 나풀거린다. 그 꼴을 보는 것은, 자식 죽는 걸 보는 게 낫지 차마 못 할 경상•이었다.

농토는 모조리 떨어질 것이다. 그러나 대관절 올 밭도지• 벼 두 섬 반은 뭘로 해내야 좋을지. 게다 밭을 망쳤으니 자칫하면 징역을 갈는지도 모른다.

영식이가 구뎅이 안으로 들어왔을 때 동무는 땅에 주저앉아 쉬고 있었다. 태연무심히• 담배만 뻑뻑 피는 것이다.

"언제나 줄을 잡는 거야?"

"인제 차차 나오겠지."

"인제 나온다?"

하고 코웃음 치고 엇먹더니• 조금 지나매,

"이 새끼."

흙덩이를 집어 들고 골통을 내려친다.

수재는 어쿠 하고 그대로 폭 엎드린다. 그러다 벌떡 일어선다. 눈에 띄는 대로 곡괭이를 잡자 대뜸 달려들었다. 그러나 강약이

• **귀살쩍다** 마구 얼크러져 정신이 뒤숭숭하거나 어지럽다.
• **경상** 모습. 풍경.
• **밭도지** 남의 밭을 빌려서 부치고 그 삯으로 해마다 주인에게 내는 물품.
• **태연무심히** 매우 태평하고 아무 생각 없이.
• **엇먹다** 비꼬다.

부동.• 왁살스러운• 팔뚝에 퉁겨져 벽에 가서 쿵 하고 떨어졌다. 그 순간에 제가 빼앗긴 곡괭이가 정백이•를 겨누고 날아드는 걸 보았다. 고개를 홱 돌린다. 곡괭이는 흙벽을 퍽 찍고 다시 나간다.

수재 이름만 들어도 영식이는 이가 갈렸다. 분명히 홀딱 속은 것이다.

영식이는 본디 금점•에 이력이 없었다. 그리고 흥미도 없었다. 다만 밭고랑에 웅크리고 앉아서 땀을 흘려가며 꾸벅꾸벅 일만 하였다. 올엔 콩도 뜻밖에 잘 열리고 맘이 좀 놓였다.

하루는 홀로 김을 매고 있노라니까,

"여보게, 덥지 않은가? 좀 쉬었다 하게."

고개를 들어보니 수재다. 농사는 안 짓고 금점으로만 돌아다니더니 무슨 바람에 또 왔는지 싱글벙글한다. 좋은 수나 걸렸나 하고,

"돈 좀 많이 벌었나? 나 좀 쵀주게."•

"벌구말구, 맘껏 먹고 맘껏 쓰고 했네."

- **강약이 부동** 강약부동. 둘 사이의 힘이 한편은 강하고 한편은 약해 서로 상대가 되지 않음.
- **왁살스럽다** 우악살스럽다. 험상궂고 드세다.
- **정백이** 정수배기. 정수리.
- **금점** 금을 캐내는 광산.
- 쵀**다** 빌리다. 꾸다.

술에 거나한 얼굴로 신껏• 주적거린다.• 그리고 밭머리에 쭈그리고 앉아 한참 객설•을 부리더니,

"자네, 돈벌이 좀 안 할려나? 이 밭에 금이 묻혔네. 금이……."

"뭐?"

하니까,

바로 이 산 너머 큰골에 광산이 있다. 광부를 삼백여 명이나 부리는 노다지판인데 매일 소출되는 금이 칠십 냥을 넘는다. 돈으로 치면 칠천 원. 그 줄맥이 큰 산허리를 뚫고 이 콩밭으로 뻗어 나왔다는 것이다. 둘이서 파면 불과 열흘 안에 줄을 잡을 게고, 적어도 하루 서너 돈씩은 따리라. 우선 삼십만 원만 해도 얼마냐. 소를 산대도 반 필이 아니냐고.

그러나 영식이는 귀담아듣지 않았다. 금점이란 칼 물고 뜀뛰기다, 잘되면이어니와 못되면 신세만 조판다.• 이렇게 전일부터 들은 소리가 있어서였다.

그 담날도 와서 꾀송거리다• 갔다.

셋째 번에는 집으로 찾아왔는데, 막걸리 한 병을 손에 떡 들고

- **신껏** 신나서. 신을 내며.
- **주적거리다** 잘난 체하며 자꾸 떠들다.
- **객설** 쓸데없고 싱거운 말을 함.
- **조파다** 더 이상 아무것도 할 수 없을 정도로 망치다.
- **꾀송거리다** 듣기 좋거나 능숙한 말솜씨로 남을 자꾸 꾀다.

영을 피운다.• 몸이 달아서 또 온 것이었다. 봉당에 걸터앉아서 저녁상을 물끄러미 바라보더니 조당수•는 몸을 훑친다는• 둥, 일꾼은 든든히 먹어야 한다는 둥, 남들은 논을 사느니 밭을 사느니 떠드는데 요렇게 지내다 그만둘 테냐는 둥 일쩌웁게• 지절거린다.•

"아즈머니, 이것 좀 먹게 해주시게유."

그리고 비로소 영식이 아내에게 술병을 내놓는다. 그들은 밥상을 끼고 앉아서 즐거웁게 술을 마셨다. 몇 잔이 들어가고 보니 영식이의 생각도 저으기• 돌아섰다. 딴은 일 년 고생하고 끽• 콩 몇 섬 얻어먹느니보다는 금을 캐는 것이 슬기로운 짓이다. 하루에 잘만 캔다면 한 해 줄곧 공들인 그 수확보다 훨썩 이익이다. 올봄 보낼 제 비료값, 품삯, 빚 해 빚진 칠 원 까닭에 나날이 졸리는 이 판이다. 이렇게 지지하게• 살고 말 바에는 차라리 가루 지나 세루 지나• 사내자식이 한번 해볼 것이다.

"내일부터 우리 파보세. 돈만 있으면이야 그까진 콩은……."

• **영을 피우다** 기운을 내거나 기를 펴다.
• **조당수** 좁쌀을 물에 불린 다음 갈아서 묽게 쑨 음식.
• **훑치다**
• **일쩌웁게** 일쩝게. 귀찮거나 불편하게.
• **지절거리다** 자꾸 지껄이다.
• **저으기** 적이. 꽤 어지간히.
• **끽** 고작. 겨우.
• **지지하다** 보잘것없고 시시하다.
• **가루 지나 세루 지나** (짐을) 가로로 지나 세로로 지나. 어떻게 해도 마찬가지라는 뜻.

수재가 안달스레• 재우쳐• 보채일 제 선뜻 응낙하였다.

"그래 보세. 빌어먹을 거 안 됨 고만이지."

그러나 꽁무니에서 죽을 마시고 있던 아내가 허구리를 쿡쿡 찔렀게 망정이지 그렇지 않았다면 좀 주저할 뻔도 하였다.

아내는 아내대로의 심•이 빨랐다.

시체•는 금점이 판을 잡았다. 섣부르게 농사만 짓고 있다간 결국 비렁뱅이밖에는 더 못 된다. 얼마 안 있으면 산이고 논이고 밭이고 할 것 없이 다 금쟁이• 손에 구멍이 뚫리고 뒤집히고 뒤죽박죽이 될 것이다. 그때는 뭘 파먹고 사나. 자, 보아라. 머슴들은 짜위나• 한 듯이 일하다 말고 훅닥하면• 금점으로들 내빼지 않는가. 일꾼이 없어서 올엔 농사를 지을 수 없느니 마느니 하고 동리에서는 떠들썩하다. 그리고 번동• 포농이•조차 호미를 내어던지고 강변으로 개울로 사금•을 캐러 달아난다. 그러다 며칠 뒤에는 다비

- **안달스레** 조급해하며.
- **재우치다** 빨리 몰아치거나 재촉하다.
- **심** 셈. 이익을 따져보는 생각.
- **시체** 그 시대의 풍습이나 유행.
- **금쟁이** 금장이. 금광업을 전문으로 하는 사람.
- **짜위나** 짜기나.
- **훅닥하면** 걸핏하면.
- **번동** 본동. 지금 이야기되고 있는 이 동네.
- **포농이** 포실하게 농사를 짓는 사람.
- **사금** 물가나 물 밑의 모래 또는 자갈 속에 섞인 금.

신•에다 옥당목•을 떨치고 희짜를 뽑는• 것이 아닌가.

아내는 콩밭에서 금이 날 줄은 아주 꿈밖이었다. 놀라고도 또 기뻤다. 올해는 노냥• 침만 삼키던 그놈 코다리(명태)를 짜장 먹어 보겠구나, 만 하여도 속이 메질 듯이 짜릿하였다. 뒷집 양근댁은 금점 덕택에 남편이 사다 준 흰 고무신을 신고 나릿나릿 걷는 것이 무척 부러웠다. 저도 얼른 금이나 펑펑 쏟아지면 흰 고무신도 신고 얼굴에 분도 바르고 하리라.

"그렇게 해보지 뭐. 저 양반 하잔 대로만 하면 어련히 잘 될라구."

얼뚤하여 앉았는 남편을 이렇게 추겼던• 것이다.

동이 트기 무섭게 콩밭으로 모였다.

수재는 진언•이나 하는 듯이 이리 대고 중얼거리고 저리 대고 중얼거리고 하였다. 그리고 덤벙거리며 이리 왔다가 저리 왔다가 하였다. 제 딴은 땅속에 누운 줄맥을 어림하여 보는 맥이었다.

- **다비신** 지까다비신. 작업을 할 때 신는 신발.
- **옥당목** 솜에서 뽑은 실로 짠 옷감.
- **희짜뽑다** 분수에 넘치게 굴다. 잘난 척 허풍을 떨다.
- **노냥** 노상. 변함없이 늘.
- **추기다** 다른 사람을 꾀어서 무엇을 하도록 하다.
- **진언** 불경을 음(音) 그대로 외는 일. 자체에 무궁한 뜻이 있어 이를 외는 사람은 불행한 운수에서 벗어날 수 있다고 한다.

한참을 밭을 헤매다가 산 쪽으로 붙은 한구석에 딱 서며 손가락을 펴들고 설명한다. 큰 줄이란 본시 산운산•을 끼고 도는 법이다. 이 줄이 노다지임에는 필시 이켠으로 버듬히• 누웠으리라. 그러니 여기서부터 파 들어가자는 것이었다.

영식이는 그 말이 무슨 소린지 새기지는 못했다마는, 금점에는 난다는• 수재이니 그 말대로 하기만 하면 영락없이 금퇴•야 나겠지 하고 그것만 꼭 믿었다. 군말 없이 지시해 받은 곳에다 삽을 폭 꽂고 파헤치기 시작하였다.

금도 금이면 애써 키워온 콩도 콩이었다. 거진 다 자란 허울 멀쑥한 놈들이 삽 끝에 으츠러지고 흙에 묻히고 하는 것이다. 그걸 보는 것은 썩 속이 아팠다. 애틋한 생각이 물밀 때 가끔 삽을 놓고 허리를 구부려서 콩잎의 흙을 털어주기도 하였다.

"아, 이 사람아. 맥적게• 그건 봐 뭘 해. 금을 캐자니깐."

"아니야, 허리가 좀 아파서……."

핀잔을 얻어먹고는 좀 열쩍었다.• 하기는 금만 잘 터져 나오면 이까진 콩밭쯤이야. 이 밭을 풀어 논도 만들 수 있을 것이다. 눈을

• **산운산** '선운산(광산 구덩이의 왼쪽)'을 이르는 말인 듯함.
• **버듬히** 버드름히. 조금 큰 물체 따위가 밖으로 약간 벋은 듯하게.
• **난다는** 난다 긴다 하는. 재주나 능력이 남보다 뛰어난.
• **금퇴** 금이 들어 있는 광석.
• **맥적게** 기운 빠지게. 쓸데없이.
• **열적다** 열없다. 좀 쑥스럽고 부끄럽다.

감아버리고 삽의 흙을 아무렇게나 콩잎 위로 홱 홱 내어던진다.

"국으루• 땅이나 파먹지 이게 무슨 지랄들이야!"

동리 노인은 뻔질 찾아와서 귀 거친 소리를 하고 하였다.

밭에 구멍을 셋이나 뚫었다. 그리고 대구 뚫는 길이었다. 금인가 난장•을 맞을 건가. 그것 때문에 농군은 버렸다. 이게 필연코 세상이 망하려는 징조이리라. 그 소중한 밭에다 구멍을 뚫고 이 지랄이니 그놈이 온전할 겐가.

노인은 제 울화에 지팡이를 들어 삿대질을 아니 할 수 없었다.

"벼락 맞으니…… 벼락 맞어!"

"염려 말아유. 누가 알래지유."

영식이는 그럴 적마다 데퉁스레 쏘았다. 골김에 흙을 되는대로 내끈지고는• 침을 탁 뱉고 구뎅이로 들어간다. 그러나 마음 한구석에는 언제나 끈— 하였다. 줄을 찾는다고 콩밭을 통히• 뒤집어 놓았다. 그리고 줄이 언제나 나올지 아직 까맣다. 논도 못 매고 물도 못 보고 벼가 어이 되었는지 그것조차 모른다. 밤에는 잠이 안 와 멀뚱하니 애를 태웠다.

• 국으로 분수에 맞게.
• 난장 여러 사람이 한꺼번에 덤비어 때리는 매.
• 데퉁스레 거칠고 미련하게.
• 내끈지다 아무렇게나 냅다 던지다.
• 통히 온통.

수재는 낙담하는 기색도 없이 늘 하냥이었다.• 땅에 웅숭그리고 시적시적• 노량으로• 땅만 판다.

"줄이 꼭 나오겠나?"

하고 목이 말라서• 물으면,

"이번에 안 나오거든 내 목을 비게."•

서슴지 않고 장담을 하고는 꿋꿋하였다.

이걸 보면 영식이도 마음이 좀 뇌는• 듯싶었다. 전들 금이 없다면 무슨 멋•으로 이 고생을 하랴. 반드시 금은 나올 것이다. 그제서는 이왕 손해는 하릴없거니와 고만두리라던 절망이 스르르 사라지고 다시금 주먹이 쥐어지는 것이었다.

캄캄하게 밤은 어두웠다. 어데선가 뭇 개가 요란히 짖어댄다.

남편은 진흙투성이를 하고 산에서 내려왔다. 풀이 죽어서 몸을 잘 가누지도 못하고 아랫목에 축 늘어진다.

이 꼴을 보니 아내는 맥이 다시 풀린다. 오늘도 또 글렀구나. 금

• **하냥이었다** 한결같았다.
• **시적시적** 힘들이지 아니하고 느릿느릿 행동하는 모양.
• **노량으로** 어정어정 놀면서 느릿느릿.
• **목이 마르다** 어떤 것을 간절히 원하다.
• **비다** 베다.
• **뇌다** 놓이다.
• **멋** 맛. 만족스러운 기분.

이 터지면은 집을 한 채 사 간다고 자랑을 하고 왔더니 이내 헛일이었다. 인제 좌지•가 나서 낯을 들고 나아갈 염의•조차 없어졌다.

남편에게 저녁을 갖다주고 딱하게 바라본다.

"인젠 꿔 온 양식도 다 먹었는데……."

"새벽에 산제•를 좀 지낼 텐데 한 번만 더 꿔 와."

남의 말에는 대답 없고 유하게 흘게 늦은• 소리뿐. 그리고 드러누운 채 눈을 지그시 감아버린다.

"죽거리두 없는데 산제는 무슨……."

"듣기 싫여. 요망 맞은 년 같으니."

이 호통에 아내는 고만 멈씰하였다.• 요즘 와서는 무턱대고 공연스레 골만 내는 남편이 역 딱하였다. 환장을 하는지 밤잠도 아니 자고 소리만 빽빽 지르며 덤벼들려고 든다. 심지어 어린것이 좀 울어도, 이 자식 갖다 내꼰지라고 북새를 피는 것이다.

저녁을 아니 먹으므로 그냥 치워버렸다. 남편의 영을 거역키 어려워 양근댁한테로 또다시 안 갈 수 없다. 그간 양식은 줄곧 꾸어다 먹고 갚도 못 하였는데 또 무슨 면목으로 입을 벌릴지 난처한 노릇이었다.

- **좌지** 정확한 뜻을 알 수 없음. 문맥상 '역정, 짜증, 화딱지' 정도의 뜻으로 보임.
- **염의** 무엇을 하고자 하는 생각.
- **산제** 산신령에게 드리는 제사.
- **흘게 늦다** 성격이나 하는 짓이 야무지지 못하다.
- **멈씰하다** 멈칫하다. 하던 일이나 동작을 갑자기 멈추다.

그는 생각다 끝에 있는 염치를 보째• 쏟아 던지고 다시 한번 찾아가는 것이다마는…… 딱 맞닥뜨리어 입을 열고,

"낼 산제를 지낸다는데 쌀이 있어야지유."

하자니 역 낯이 화끈하고 모닥불이 날아든다.

그러나 그들은 어지간히 착한 사람이었다.

"암 그렇지요. 산신이 벗나면• 죽도 그릅니다."

하고 말을 받으며 그 남편은 빙그레 웃는다. 워낙이 금점에 장구• 닳아놓은 몸인 만치 이런 일에는 적잖이 속이 틔었다. 손수 쌀 닷 되를 떠다 주며,

"산제란 안 지냄 몰라두 이왕 지낼내면 아주 정성껏 해야 됩니다. 산신이란 노하길 잘하니까유."

하고 그 비방•까지 깨쳐 보낸다.

쌀을 받아 들고 나오며 영식이 처는 고마움보다 먼저 미안에 질리어 얼굴이 다시 빨갰다. 그리고 그들 부부 살아가는 살림이 참으로 참으로 몹시 부러웠다. 양근댁 남편은 날마다 금점으로 감돌며 버력 더미를 뒤지고 토록•을 주워 온다. 그걸 온종일 장판돌•에

- **보째**
- **벗나다** 벋나다. 못된 길로 나가다.
- **장구** 오랫동안. 오래도록.
- **비방** 비밀스러운 방법. 제대로 하는 방법.
- **토록** 금이 든 굳은 흙덩이.
- **장판돌** 광물을 골라낼 때, 광석을 올려놓고 두드려 깨뜨리는 데 쓰는 받침돌.

다 갈면은 수가 좋으면 이삼 원, 옥아도• 칠팔십 전꼴은 매일 셈이 되는 것이었다. 그러면 쌀을 산다, 피륙을 끊는다, 떡을 한다, 장리를 놓는다…… 그런데 우리는 왜 늘 요 꼴인지. 생각만 하여도 가슴이 메이는 듯 맥맥한 한숨이 연발을 하는 것이었다.

아내는 집에 돌아와 떡쌀을 담갔다. 낼은 뭘로 죽을 쑤어 먹을는지. 윗목에 웅크리고 앉아서 맞은쪽에 자빠져 있는 남편을 곁눈으로 살짝 할겨본다. 남들은 돌아다니며 잘도 금을 주워 오련만, 저 망나니 제 밭 하나를 다 버려도 금 한 톨 못 주워 오나. 에, 에, 변변치도 못한 사나이. 저도 모르게 얕은 한숨이 거푸 두 번을 터진다.

밤이 이슥하여 그들 양주•는 떡을 하러 나왔다. 남편은 절구에 쿵쿵 빻았다. 그러나 체가 없다. 동네로 돌아다니며 빌려오느라고 아내는 다리에 불풍이 났다.•

"왜 이리 앉었수? 불 좀 지피지."

떡을 찌다가 얼이 빠져서 멍하니 앉았는 남편이 밉살스럽다. 남은 이래저래 애를 죄는데• 저건 무슨 생각을 하고 저리 있는 건지. 낫으로 삭정이•를 탁 탁 조겨서 던져주며 아내는 은근히 훅닥

- **옥다** 장사 따위에서 본전보다 밑지다.
- **양주** 바깥주인과 안주인이라는 뜻으로, 부부를 이르는 말.
- **불풍이 나다** 매우 잦고도 바쁘게 드나들다.
- **애를 죄다** 애를 졸이다. 애가 타다.
- **삭정이** 살아 있는 나무에 붙어 있는, 말라 죽은 가지.

이었다.•

닭이 두 홰를 치고 나서야 떡은 되었다.

아내는 시루를 이고 남편은 겨드랑이에 자리때기•를 꼈다. 그리고 캄캄한 산길을 올라간다.

비탈길을 얼마 올라가서야 콩밭은 놓였다. 전면을 우뚝한 검은 산에 둘리어 막힌 곳이었다. 가생이•로 느티·대추나무들은 머리를 풀었다.

밭머리 조금 못 미쳐 남편은 걸음을 멈추자 뒤의 아내를 돌아본다.

"인내.• 그리구 여기 가만히 섰어……."

시루를 받아 한 팔로 껴안고 그는 혼자서 콩밭으로 올라섰다. 앞에 쌓인 것이 모두가 흙더미. 그 흙더미를 마악 돌아서려 할 제 아마 돌을 찼나 보다. 몸이 쓰러지려고 우찔끈 하니, 아내가 기겁을 하여 뛰어오르며 그를 부축하였다.

"부정 타라구 왜 올라와, 요망 맞은 년!"

남편은 몸을 고루잡자• 소리를 뻑 지르며 아내를 얼뺨•을 부친

- 훅닥이다 다그치다. 빨리하도록 재촉하다.
- 자리때기 '자리(앉거나 누울 수 있도록 바닥에 까는 물건)'를 속되게 이르는 말.
- 가생이 가장자리. 둘레. 주변.
- 인내 이리 줘.
- 고루잡다 바로잡다.
- 얼뺨 얼떨결에 치는 뺨.

다.• 가뜩이나 죽으라 죽으라 하는데 불길하게도 계집년이. 그는 마뜩지 않게 두덜거리며 밭으로 들어간다.

밭 한가운데다 자리를 피고 그 위에 시루를 놓았다. 그리고 시루 앞에다 공손하고 정성스레 재배•를 커다랗게 한다.

"우리를 살려줍시사. 산신께서 거들어주지 않으면 저희는 죽을 수밖에 꼼짝 없습니다유."

그는 손을 모으고 이렇게 축원하였다.

아내는 이 꼴을 바라보며 독이 뾰록같이• 올랐다. 금점을 합네 하고 금 한 톨 못 캐는 것이 버릇만 점점 글러간다. 그전에는 없더니 요새로 건듯하면 탕탕 때리는 못된 버릇이 생긴 것이다. 금을 캐랬지 뺨을 치랬나. 제발 덕분에 고놈의 금 좀 나오지 말았으면. 그는 뺨 맞은 앙심으로 맘껏 방자하였다.•

하긴 아내의 말 그대로 되었다. 열흘이 썩 넘어도 산신은 깜깜 무소식이었다. 남편은 밤낮으로 눈을 까뒤집고 구뎅이에 묻혀 있었다. 어쩌다 집엘 내려오는 때이면 얼굴이 헐떡하고 어깨가 축 늘어지고 거반 병객이었다. 그러고서 잠자코 커단 몸집을 방고래에다 쿵 하고 내던지고 하는 것이다.

• **부치다** 쳐서 때리다.
• **재배** 두 번 하는 절.
• **뾰록같이** 못마땅하여 몹시 성이 나 있는 모양.
• **방자하다** 남이 못되거나 재앙을 받도록 저주하다.

"제에미 붙을! 죽어나 버렸으면……."

혹은 이렇게 탄식하기도 하였다.

아내는 바가지에 점심을 이고서 집을 나섰다. 젖먹이는 등을 두드리며 좋다고 끽끽거린다.

인젠 흰 고무신이고 코다리고 생각조차 물렸다. 그리고 금 하는 소리만 들어도 입에 신물이 날 만큼 되었다. 그건 고사하고 꿔다 먹은 양식에 졸리지나 말았으면 그만도 좋으리마는.

가을은 논으로 밭으로 누―렇게 내리었다. 농군들은 기꺼운 낯을 하고 서로 만나면 흥겨운 농담. 그러나 남편은 앵한• 밭만 망치고 논조차 건사를 못 하였으니 이 가을에는 뭘 거둬들이고 뭘 즐겨 할는지. 그는 동리 사람의 이목이 부끄러워 산길로 돌았다.

솔숲을 나서서 멀리 밖에를 바라보니 둘이 다 나와 있다. 오늘도 또 싸운 모양. 하나는 이쪽 흙더미에 앉았고 하나는 저쪽에 앉았고. 서로들 외면하여 담배만 빽빽 피운다.

"점심들 잡수게유."

남편 앞에 바가지를 내려놓으며 가만히 맥을 보았다.•

남편은 적삼•이 찢어지고 얼굴에 생채기를 내었다. 그리고 두 팔을 걷고 먼 산을 향하여 묵묵히 앉았다.

• **앵하다** 기회를 놓치거나 손해를 보아서 분하고 아깝다.
• **맥을 보다** 남의 눈치나 상황을 살펴보다.
• **적삼** 한복 저고리처럼 생긴 윗옷.

수재는 흙에 박혔다 나왔는지 얼굴은커녕 귓속들이 흙투성이다. 코밑에는 피딱지가 말라붙었고 아직도 조금씩 피가 흘러내린다. 영식이 처를 보더니 열쩍은 모양. 고개를 돌리어 모로 떨어치며 입맛만 쩍쩍 다신다.

금을 캐라니까 밤낮 피만 내다 말라는가? 빚에 졸리어 남은 속을 볶는데 무슨 호강에 이 지랄들인구. 아내는 못마땅하여 눈가에 살을 모았다.

"산제 지낸다구 꿔 온 것은 은제나 갚는다지유……."

뚱하고 있는 남편을 향하여 말끝을 꼬부린다. 그러나 남편은 눈썹 하나 까딱하지 않는다. 이번에는 어조를 좀 돋우며,

"갚지도 못할 걸 왜 꿔 오라 했지유!"

하고 얼추 호령이었다.

이 말은 남편의 채 가라앉지도 못한 분통을 다시 건드린다. 그는 벌떡 일어서며 황밤주먹•을 쥐어 창낭할• 만치 아내의 골통을 후렸다.

"계집년이 방정맞게……."

다른 것은 모르나 주먹에는 아찔이었다. 멋없이• 덤비다간 골통

• **황밤주먹** 밤톨처럼 단단하게 쥔 주먹.
• **창낭하다** 물결이 치는 것처럼 흔들리다.
• **멋없이** 상황에 어울리지 않게. 엉뚱하게.

이 부서진다. 암상•을 참고 바르르하다가• 이윽고 아내는 등에 업은 언내를 끌러 들었다. 남편에게로 그대로 밀어 던지니 아이는 까르륵하고• 숨 모는 소리를 친다.

그리고 아내는 돌아서서 혼잣말로,

"콩밭에서 금을 딴다는 숙맥도 있담!"

하고 빗대놓고 비양거린다.•

"이년아, 뭐!"

남편은 대뜸 달려들며 그 볼치•에다 다시 올찬• 황밤을 주었다. 저그나면• 계집이니 위로도 하여주련만 요건 분만 폭폭 질러놓으려나. 예이 빌어먹을 거. 이판사판이다.

"너허구 안 산다. 오늘루 가거라."

아내를 와락 떠다밀어 논둑에 제켜놓고• 그 허구리를 발길로 퍽 질렀다. 아내는 입을 헉 하고 벌린다.

"네가 허라구 옆구리를 쿡쿡 찌를 제는 은제냐, 요 집안 망할 년!"

그리고 다시 퍽 질렀다. 연하여 또 퍽.

- **암상** 미워하는 마음.
- **바르르하다** 가볍게 조금 떨다.
- **까르륵하다** 젖먹이가 몹시 자지러지게 울다.
- **비양거리다** 비아냥거리다. 얄밉게 은근히 비웃는 태도로 자꾸 놀리다.
- **볼치** 볼. 뺨의 한복판.
- **올차다** 야무지고 기운차다.
- **저그나면** 웬만하면.
- **제키다** 젖히다. 뒤로 기울게 하다. 넘어뜨리다.

이 꼴들을 보니 수재는 조바심이 일었다. 저러다가 그 분풀이가 다시 제게로 슬그머니 옮아올 것을 지르채었다.* 인제 걸리면 죽는다. 그는 비슬비슬하다 어느 틈엔가 구뎅이 속으로 시나브로* 없어져 버린다.

볕은 다사로운 가을 향취를 풍긴다. 주인을 잃고 콩은 무거운 열매를 둥글둥글 흙에 굴린다. 맞은쪽 산밑에서 벼들을 베며 기뻐하는 농군의 노래.

"터졌네, 터져."

수재는 눈이 휘둥그렇게 굿 문을 뛰어나오며 소리를 친다. 손에는 흙 한 줌이 잔뜩 쥐었다.

"뭐?"

하다가,

"금줄 잡았어, 금줄."

"으—"

하고 외마디를 뒤남기자 영식이는 수재 앞으로 살같이* 달려들었다. 허겁지겁 그 흙을 받아 들고 살살이 헤쳐보니 딴은 재래에* 보지 못하던 불그죽죽한 황토이었다. 그는 눈에 눈물이 핑 돌며,

• **지르채다** 지레짐작으로 알아채다.
• **시나브로** 모르는 사이에 조금씩 조금씩.
• **살같이** 쏜 화살과 같이 매우 빠르게.
• **재래에** 이전에.

"이게 원줄인가?"

"그럼. 이것이 곱색줄•이라네. 한 포에 댓 돈씩은 넉넉 잡히지."

영식이는 기쁨보다 먼지 기가 탁 막혔다. 웃어야 옳을지 울어야 옳을지. 다만 입을 반쯤 벌린 채 수재의 얼굴만 멍하니 바라본다.

"이리 와 봐. 이게 금이래."

이윽고 남편은 아내를 부른다. 그리고 '내 뭐랬어, 그러게 해보라고 그랬지.' 하고 설면설면• 덤벼오는 아내가 한결 어여뻤다. 그는 엄지가락으로 아내의 눈물을 지워주고 그러고 나서 껑충거리며 구뎅이로 들어간다.

"그 흙 속에 금이 있지요?"

영식이 처가 너무 기뻐서 코다리에 고래등 같은 집까지 연상할 제,

수재는 시원스러이,

"네, 한 포대에 오십 원씩 나와유."

하고 대답하고 오늘 밤에는 꼭 정녕코 꼭 달아나리라 생각하였다. 거짓말이란 오래 못 간다. 뽕이 나서• 뼉따구도 못 추리기전에 훨훨 벗어나는 게 상책이겠다.

전신재 편, 《원본 김유정 전집》을 바탕으로 함.

• **곱색줄** 광맥의 하나. 산화한 황화 광물로 이루어진 붉은빛의 광맥이 길게 뻗치어 박인 줄.
• **설면설면** 설면설면히. 사이가 정답지 아니하고 어색하게.
• **뽕나다** 비밀이 드러나다.

작품 이해하기

〈금 따는 콩밭〉은 1935년 3월 《개벽》에 발표된 단편소설로 당시 조선에 불어닥친 금광 열기를 다룬 작품이다. 김유정은 춘천에 살 때 실제로 동네에서 금광을 채굴하는 것을 보고 자랐으며, 한때 충청도 예산의 금광에서 현장 감독을 하기도 했다. 이 소설에 금광과 관련된 용어나 금을 향한 사람들의 심리가 잘 드러나 있는 것도 그 때문이다.

이 소설은 한 순박한 소작농의 일확천금에 대한 허황한 꿈과 좌절을 그린 이야기다. 〈황금알을 낳는 거위〉처럼 〈금 따는 콩밭〉이라는 소설 제목만 봐도 그 꿈은 좌절될 것이 빤하다. 행복한 결말은 기대도 말라는 듯이 소설은 어두운 분위기를 풍기며 시작한다. 금이 나와야 할 콩밭의 밑은 음침하며, 무덤 속처럼 싸늘하고 징그러운 냉기만 자욱하다고 묘사되어 있다.

수재의 말만 듣고 금을 캐겠다며 생계 수단인 콩밭을 엎자고 꼬드기는 아내나 그 꾐에 넘어가는 영식이 바보처럼 느껴진다. 게다가 자기들끼리 욕하고 싸우는 꼴은 한 편의 희극을 보는 듯하다. 그러다가도 수재가 도망가고 거짓말이 드러날 뒷이야기를 상상하면 너무나도 막막해서 이들 부부가 안쓰럽기 시작한다.

김유정 소설의 큰 특징인 해학이 이 소설에도 담겨 있다. 해학은 어처구니 없는 상황 때문에 웃음을 짓게 하지만 소설 속 인물에게 연민과 동정의 감정을 같이 느끼게 하여 인간애를 불러일으킨다. 우리가 이 소설을 다 읽고 났을 때 영식네 부부를 마냥 미워할 수만은 없는 이유가 바로 이 때문이다.

김유정 소설의 또 다른 특징은 비극으로 치달을 것으로 예상되는 결말이 생략되어 있다는 것이다. 이 소설도 영식네 부부가 비참한 현실에서 벗어나지 못하고 좌절한 상태로 끝난다. 이는 실제로 금점에서 성공한 농민들이 거의 없었던 현실을 있는 그대로 그리고자 했으며, 궁핍한 삶으로부터 벗어나려고 해도 좌절할 수밖에 없었던 당시 현실을 핍진하게 그려내고자 한 작가의 의지가 반영된 결과이다.

소작농으로서 열심히 콩밭을 일구었으나 남는 것이 없었던 당시의 시대 상황을 알게 되면, 때마침 불어닥친 금광 열기에 콩밭을 뒤엎고 금을 캐는 아이러니한 상황을 단순히 영식이의 분에 넘치는 욕심 때문만이라고는 볼 수 없게 될 것이다.

작품 깊이읽기

콩밭에서 금을 판다고?

〈금 따는 콩밭〉은 수재의 꼬드김에 넘어가 금을 얻어 부자가 되리라고 생각했던 영식과 영식 처의 안타까운 이야기다. 콩밭에서 금을 캔다는 허무맹랑한 말을 믿은 영식을 이해하기 위해서는 당시 시대 상황을 알 필요가 있다.

이 소설이 나온 1935년은 '황금광 시대'로 불렸다. 금광 사업이 활발한 시대이기도 했지만 황금에 미친 시대이기도 했다. '산이고 논이고 밭이고 할 것 없이 다 금장이 손에 구멍이 뚫리고 뒤집히고 뒤죽박죽'이 되고, 머슴들은 일하다 말고 금점으로 내빼는 상황이었다.

이 같은 금광 열기는 철저하게 계획된 일본의 '산금(産金) 장려정책'에서 시작됐다. 1931년 9월 만주사변을 일으킨 뒤 일본은 군수산업에 필요한 물자를 조달하기 위한 긴급 대책으로 광산 자원을 개발하고자 했다. 당시 식민지였던 조선의 금 채굴을 장려하기 위해 보조금을 지급하기도 하고, 생산된 금을 고가에 사들이기도 했다. 그 결과 조선의 금 수확량은 폭발적으로 증가했으나, 수확한 금의 대부분은 일본이 가져갔다.

실제로 금광을 발견해 큰 부자가 된 사람도 있었고 소설 속 양근댁처럼 금점으로 소소하게 돈을 버는 사람도 있었지만, 대부분의 사람들은 허탕을 쳤다. 그런데도 농사를 지어서는 삶을 유지하기 어려웠기에 영식과 같은 농민들에게는 금을 캐는 것이 인생을 바꿀 수 있는 기회로 여겨진 것이다.

남의 콩밭을 파헤쳐도 되나?

영식은 콩밭 주인이 아니라 소작농이다. 땅은 지주 소유이며 마름이 관리한다. 그러니 영식이 금을 캐겠다고 콩밭을 뒤엎자 지주는 크게 화를 내고 마름은 목에 핏대를 올리며 영식을 말린다.

그런데도 영식은 콩밭을 뒤엎어 금을 캐려 한다. 그 당시 광업권, 즉 광산을 개발할 수 있는 권리는 토지소유권과는 별개의 것이었다. 땅속에서 나온 금은 땅 주인이 아니라 광업권자의 소유이다. 토지소유권자가 자기 땅에서 금덩이를 발견했다 하더라도 별도의 허가를 받아야 그 땅을 금광으로 개발할 수 있다. 영식이 소작하는 콩밭은 아직 광업권자가 없으므로 영식이 금을 캔 후 그것을 근거로 광업권을 신청하면 발견자인 영식에게 광업권이 생긴다. 소작농인 영식이 남의 땅에서 금을 캐도 법적으로는 아무 문제가 없는 것이다.

절박함 속 한 줄기 빛을 위해

영식은 본래 성실한 농사꾼이었다. 수재와 아내의 꼬드김이 없었다면 그런

대로 생계를 유지해 갈 수 있었을 것이다. 금을 캔다고 콩밭을 헤집으면서도 가장 속이 쓰린 건 영식이다. 거의 다 자란 콩을 삽으로 캐내고 흙에 묻으면서 영식의 마음은 편치 않았다. 게다가 남의 밭을 망쳤으니 내년에는 소작할 수도 없을뿐더러 잘못되면 감옥에 갈 수도 있는 상황이다.

금이 나오지 않자 영식은 초조해진다. 그럴수록 수재와의 다툼이 늘고 아내에게는 욕하고 때리기까지 한다. 금줄이 터졌다는 수재의 거짓말에 기가 탁 막히는 것은 영식의 초조함이 안도감으로 바뀌었기 때문일 것이다. 그 행복이 얼마 안 갈 걸 아는 독자의 입장에서는 영식이 가엾게 느껴진다.

영식의 아내는 이중적이면서도 현실적인 인물이다. 아내가 바라는 삶은 금점을 돌며 소소하게 돈을 버는 양근댁네의 살림 정도이다. 그러나 현실은 양식을 꾸어다 먹고 갚지도 못했는데 또 손을 벌려야 하는 상황의 연속. 남편에게 콩밭에서 금을 딴다는 숙맥도 있냐며 비아냥거리지만 사실 그 말은 아내가 가장 믿고 싶은 말이기도 하다. 농사만 짓다가는 비렁뱅이가 될 뿐인 현실 탓이다.

허황해 보이지만, 셈이 빠른 아내의 생각에는 반복되는 가난에서 벗어나는 가장 현실적인 방법은 금을 캐는 것뿐이다.

금 나오면 대박, 안 나와도 그만

농사는 안 짓고 금점만 돌아다니는 수재는 영식을 세 번이나 찾아와 꼬드긴다. 기껏 지어놓은 콩밭을 엎었으나 금이 나오지 않자 영식은 슬슬 불안해하는데 수재는 낙담하는 기색 없이 태평하기만 하다. 그 이유는 수재가 금광 브로커 일을 하면서 돈을 벌기 때문이다.

금광 브로커들은 금광의 매매를 주선하고 수수료를 받는다. 몇백 원짜리 소액 거래의 경우 술 한 잔 얻어 마시는 것으로 끝내기도 하지만, 금광 매매의 수수료는 보통 거래 금액의 10퍼센트 정도였다. 수재로서는 영식을 꼬드겨 콩밭에서 정말로 금이 나온다면 돈벼락을 맞는 것이다.

콩밭에서 금이 나오지 않아도 수재는 손해 볼 것이 전혀 없다. 자신의 땅도 아닌 콩밭을 뒤엎어버린 영식과는 처지가 다르다. 금을 캔다고 헛노동은 했지만 수재로서는 영식에게 맞아 죽기 전에 내빼기만 한다면 아무 문제가 없는 상황이다.

김유정을 읽다

1판 1쇄 발행일 2021년 3월 8일

지은이 서울국어교사모임

발행인 김학원
발행처 (주)휴머니스트출판그룹
출판등록 제313-2007-000007호(2007년 1월 5일)
주소 (03991) 서울시 마포구 동교로23길 76(연남동)
전화 02-335-4422 **팩스** 02-334-3427
저자·독자 서비스 humanist@humanistbooks.com
홈페이지 www.humanistbooks.com
유튜브 youtube.com/user/humanistma **포스트** post.naver.com/hmcv
페이스북 facebook.com/hmcv2001 **인스타그램** @humanist_insta

편집책임 문성환 **편집** 김사라 **디자인** 이수빈
용지 화인페이퍼 **인쇄** 청아디앤피 **제본** 정민문화사

ISBN 979-11-6080-612-0 43810